烤秋刀

奚榜 著

SPM 南方出版传媒 广东人民出版社
·广州·

图书在版编目（CIP）数据

烤秋刀 / 奚榜著. -- 广州 : 广东人民出版社，2020.6
ISBN 978-7-218-13374-4

Ⅰ. ①烤… Ⅱ. ①奚… Ⅲ. ①中篇小说－小说集－中国－当代②短篇小说－小说集－中国－当代 Ⅳ. ①I247.7

中国版本图书馆CIP数据核字（2019）第024097号

KAOQIUDAO
烤秋刀
奚榜 著

出 版 人：肖风华

责任编辑：刘 宇
责任技编：吴彦斌 周星奎
装帧设计：周伟伟

出版发行：广东人民出版社
地 址：广州市海珠区新港西路204号2号楼（邮政编码：510300）
电 话：（020）85716809（总编室）
传 真：（020）85716872
网 址：http://www.gdpph.com
印 刷：天津丰富彩艺印刷有限公司
开 本：880mm×1230mm 1/32
印 张：7.75 字 数：149千
版 次：2020年6月第1版
印 次：2020年6月第1次印刷
定 价：42.00元

如发现印装质量问题，影响阅读，请与出版社（020－85716849）联系调换。
售书热线：（020）85716826

目录

叠叠发夹弯

一

若时间顺流快进，巴峰一定会把回望的人生之路看成连续的发夹弯，但本故事开始时他还没听过这词——发夹弯，英文 hairpin，小于九十度的急弯，形如女生的 U 形发夹，鹅县人称为“回头望”，在该地远郊某些山上叠叠复加，直上云畔。

那时巴峰才上高一，黑瘦、浓眉压眼，半合的嘴唇中间若隐若现两颗洁白的兔牙。男孩子没啥不良嗜好，只有一个缺点：成绩不好，徘徊在鹅县末流的十中倒数二十名左右。那学校每年两百名毕业生只有二十人能考上大学。母亲邱欣荣基本对其前途绝望，总对邻居说只是把娃娃拴到十中关起来，除此之外没别的念想。话虽这样说，她又心存幻想似的，偶尔在外受气了，就用成绩一事来夹磨儿子。这不，高一下学期期中考试前，做母亲的又发话了："这次考不好，老子打死你！"她没有给出"考不好"的具体标准，做儿子的也不敢问，这话却如尚方宝剑样悬挂家里，凛冽寒人。

考试那天早上，睡在阁楼上的巴峰四点过就醒了，尖起耳朵等到父亲六点出门去买菜，六点四十进门；尖起耳朵等着父母多年如一日地因为一块猪肉而吵架——十几年来，父亲巴从云坚持认为买肉必须买一斤，而母亲则认为只买半斤即可满足家人需要——可惜的是那天早上家里十分清静，母亲六点过出门去打豆浆，巴峰七点半去上学时，她还没回来跟父亲碰头争执。甚至，头一天晚上家里也意外安静，对面街上要唱到半夜的卡拉 OK 也没营业。

巴峰丧气地走在上学路上，把小石子连灰踢得到处是。后面的几个同学都捂嘴绕着走。他想寻找的考不好的借口，比如父母吵架或者卡拉 OK 影响他睡眠之类，竟一个没找到。他是个实诚的孩子，同样的借口从小学用到高中。实际上这两个借口每次都刺激得邱欣荣增加扇他耳光的力道。孩子不懂这两个借口中一个是在批评父母相处无道，一个是在抱怨父母不能提供好的生活环境。

巴峰眨巴着眼睛，在路上停了下来，四处张望，好像试图寻找新的借口。

余下的话就不用赘述了，命运没有如小说或者影视那样出现逆转，期中考试结束，巴峰的成绩很稳定，还是排在班上倒数第五，全校倒数十九。母亲在卷子上签名后，一边大着声音责骂他“饭桶，吃屎长大的”，一边扇了他两个耳光。

他跑出了家门，同时感觉母亲说了个病句。正常请假的话母亲是不会让他晚上八九点还在外面晃荡的，巴峰便有点装疯般，学着电影里的男主角，捂住半边脸跑了出去。他心里明白分数是幌子，怪自己运气差，发卷子碰到母亲因跟顾客吵架被经理威胁解雇。这是男孩子第七还是第八次在考试后被打出门，他父母不记得，但都已经习惯了：一个坏分数，换两个耳光，再换孩子跑出去，像是一种特别公平的交易。

巴峰那天晚上刚刚出门几十米，路过南门桥，就遇到三个同班同学，其中一个名叫聂振的说：“巴峰，一起去玩卡丁车噻。”巴峰放下捂脸的手，嗫嚅一会儿，说：“我没钱。”聂振就说：“我有钱。”

十中虽是地处县城边缘的一个区级中学，大多为郊区农家子女就读，但在鹅县，近郊农民因无单位束缚，又有进城做生意的便利，平均收入历来超过城区市民，其中也不乏百万富翁，聂振父亲就是其中之一。当时巴峰听到邀请，怔了一下。聂振他们平时不怎么把他放在眼里，彼此几乎没讲过话，但在那个夜晚，在如此孤寂的心情中，对面三人看起来比父母亲切很多。巴峰笑了，露出洁白的小兔牙，使劲点了点头，说“嗯嗯嗯”。其实，他早就在大奔卡丁车场外面“挂眼科”很久了。他以为那种八分钟三十块钱的奢侈运动与他永远无关。

如你所料，巴峰在卡丁车场内遇到了第一个发夹弯。

二

大奔不仅是鹅县唯一的卡丁车场，也是全地区八县一市的唯一。有人传说投资一百多万的大奔长期亏损，是本城富翁孔向武用来洗黑钱的。巴峰想不起是街坊说的，还是听同学说的，总之他一笑而过，感觉跑几圈就收几十元还说不赚钱，纯属哄鬼。

仿佛一眨眼，四个人就走到了县城另一头的大奔卡丁车场。晚上十点关门，现在还有五十分钟左右，四个人急不可待拥了进去。这是一个撤离鹅县的兵工厂留下的敞篷大车间，占地几千平方米，净高十几米，四面无墙，全靠大型钢架支撑，但它本身就在工厂围墙里。县城人被允许进入围墙，站在一处斜坡上看篷内赛事。这个晚上车场已经人迹寥落，只有一两个车在废旧轮胎堆叠而成的围墙甬道里狂奔。奔完三十元后，灯光雪亮的场内瞬间又恢复寂静无声。

卡丁车非常简单，底盘离地几厘米，又轻又不容易翻车。车上一个方向盘，一个刹车，一个油门，傻瓜看一次都会开，吓人的只是速度。大奔开业那天，满城发传单，巴峰也抢了一张。他仔细阅读过，上面说这个车场的卡丁车时速可达三十到一百公里，但因底盘低，感觉上速度会加倍，也就是公路上每小时六十到两百公里的样子，人会体验到“与死神接吻的滋味”。传单上还说，县城大街上的车，是每小时二三十公里。

“与死神接吻会是什么滋味？”巴峰想到这里，忘情地跑到赛道起点，首先抢占了一辆大红色的卡丁车。聂振立马走过来，在雪亮的灯光下俯视着他说：“巴峰，我们今晚来比一盘，你要赢了，不用还我钱，你要输了，就出四个人的钱。”巴峰一听便跳了起来：“你说啥子聂振，你不是说你出钱吗？”聂振就在后续跟进的另外两个同学的拥伴下，很酷地说：“我交钱以后，突然改变主意了。”巴峰紧张地问：“为啥子？人大面大，说话算话哈。”后面一句他已经轻得只有自己才听得见了。聂振就说：“我突然想起张二娃跟我说过，你有点喜欢小白。”巴峰就说：“喜欢她又不犯罪。”聂振就说：“喜欢她我就要跟你比卡丁车。你敢不敢应承？”这个逻辑巴峰还没吃透，另外两个同学就笑了起来，其中一个说：“巴峰，聂振上周在这里杀倒一坝坝，你娃也没耍过卡丁车，差得天远地远，算了，回家洗洗睡。”这样一说，聂振他们就撇下他，分别跨上了一辆绿色的、两辆黄色的卡丁车，神气活现地等着安全员给他们系安全带。巴峰站在那里看着他们仅仅十几秒，脑中却回旋了上百个画面。他完全没摸过卡丁车，甚至连自行车母亲也不给他买，要是输了，四个人爽八分钟共一百二十元怎么出？他身上一共只有五块八毛钱。这个世界上，他找不到任何人借一百二十元，躺到地下装死都借不到！若不还钱，不被聂振他们揍死，也会被老妈揍死。“都是死，可是，与死神接吻，究竟是什么滋味呢？”

也算一念之差，巴峰竟鬼迷心窍般，大声说：“好，比就比！”

他一说完就感觉背后有人在盯他，回头去看，竟真有个瘦瘦矮矮的中年男人站在不远处，似笑非笑看着这边。他还没来得及细想，就被安全员拉进了车里，横七竖八捆绑稳定。他再想去看那男人，那男人却躲到了赛道另一边，看不见了。

很久以后聂振提到这个夜晚，还对人说是他用激将法把巴峰逼上卡丁车的，其实，巴峰完全没有被激将。他看着那红色的卡丁车，就好像前世最亲的亲人对他张开了怀抱，他想也没想清楚，就应承了比赛，并且彻底忘记了人世间还有一百二十元的事情。

三

一绿两黄三辆卡丁车奔出去后，红色的还在走神，但它立刻就被前面三辆车巨大的狂叫声惊醒过来，仿佛愣怔一秒后，巴峰把油门一踩到底，癫狂地追了上去，大幅摇晃。赛道开始是直线，然后有两个不明显的大弯，巴峰就在那里迅速赶上了自己的同学。想也没想，他就从三辆车非常狭窄的夹缝中穿了过去，直接飙到了前面。他甩下聂振他们后，好景不长，前面立刻出现了连续两个小角度的急弯（这就是他后来知道的发夹弯）。巴峰也不懂什么驾驶，却本能地轻踩了下刹车令卡丁车减速进弯，立马又大脚加速，使后轮略微侧滑，在第一个弯和第二个弯中的连接直线路段则反打方向盘，轻巧地扭过车身进入第二个弯，再次大脚加速，小角度滑行切弯，最后，本来他该归正车头的，不知为何却突然失了准，一下撞在了轮胎墙上。

跑完了全程的聂振他们不战而胜，高兴地欢呼起来。巴峰却一下蔫了，想起那一百二十元债务，坐在卡丁车上不愿起来。安全员却跑了过来，对他竖起拇指说："小伙子，漂移得不错哟。""漂移？"巴峰完全没听说过。安全员就说："大家都看到了，挺漂亮的，可惜你后来乱了套。"

他的话还没说完，聂振他们三个已经围了上来。聂振伸手说："拿钱来，一百二十块。"另外两个同学则学着电影里的坏人那样奸笑助兴。巴峰扬起眉毛，额头上出现了好几股皱纹。他吞吞吐吐地说："你晓得我没钱，要不，打个欠条？"聂振就说："欠条？！打欠条要收高利贷哟。利滚利，到时你跳进水库都还不清。"巴峰听了，苦着脸想着什么，木呆呆的，任由安全员帮他解带子。这个时候，那个矮瘦的中年男人却不晓得从哪里冒了出来，说："小伙子们，今天算我请你们耍。"四个人一听都惊呆了，抬头看着那男人。聂振说："你是哪个？凭啥子要你请？"那人就说："既然不要我请，我就拿一百二十元给他。"

他真的掏出一百二十元，伸手递给巴峰。巴峰不敢接，摇摇头，吞吞口水，显得很紧张。他的母亲从小就教育他不跟陌生人说话，不吃陌生人东西，不被陌生人带走之类。他的汗水冒了出来，以为自己十六岁时终于遇到神秘的"陌生人"了。

男人笑了一下，把钱收了回去，继续说："其实给不给钱都一样。这个车场是我的，我不想收哪个的钱都可以。"他转头对聂振说："要不，你们几个一直耍到关门？"聂振一下回过神来，大笑说："哈哈，你就是孔老板嗦。要得，要得，谢谢了哈，我们继续耍。"

原来中年男不算陌生人，是县城大名鼎鼎的孔向武，外号孔老二。巴峰放下心来，继续跟着三个同学开卡丁车。奇怪的是，他再也开不好，不但不能全速开，也不能做出那个美丽的漂移，甚至还时不时撞到轮胎墙上，一路磕磕碰碰的，简直是个龟速三四十公里的瘪三。

他感觉那个男人一直在远处看他。

临走的时候，孔向武跑到大门口拦截他们，独独塞给巴峰一张名片，约他一个人周末继续过来。他请男孩子免费开卡丁车，说开一天都可以，一时搞得聂振他们都很嫉妒，回去的路上黑压压沉默着，恨不得揍巴峰一顿。走了几十米，三人便一使眼色，拐弯去公馆巷吃麻辣烫，也不知会一声，掉头就消失了。

四

几乎完全没做任何猜想，巴峰就开始每日里盼着周末的到来。他是一个简单的、沉默的男孩子，没有把鸡毛蒜皮告诉任何人的习惯，只巴巴挨着时间，去了大奔。

第一次他还很羞涩，甚至有点惭愧，感觉自己像个白吃白喝的乞丐。从小到大，邱欣荣家教严厉，不要儿子去别人家蹭饭，也不要他开口向任何人借钱借物。站在瘦小的，穿着普通牛仔裤和 T 恤衫的孔老板面前，巴峰突然想到，自己是不是违背了家教。

有一瞬间他想从喧闹的卡丁车场逃走，但一秒钟以后，他又看到那辆红色的卡丁车如前世亲人一样等在那里，那种血缘关系几乎超过今生父母。巴峰的眼眶莫名地有点湿润了，好像一个在暴风雪中跋涉了很久的人，突然看到一间亮着灯光的小屋。如果不是那辆大红卡丁车的出现形成对比，他竟不知道自己在家乡其实是无比孤独的。

七想八想也就几秒时间，孔向武却走过来说话了："娃娃，你叫啥子名字？晓不晓得我为啥子请你过来白耍。"巴峰说我叫巴峰，不晓得你为啥子邀请我。孔向武就一指总服务台的墙面说，自从这个公告贴出来后，除我之外，全县就没人动过那辆卡丁车。巴峰抬头一看，美丽的收银小姐后面墙上有张很大的公告：本车场卡丁车经过调速，时速控制在五十公里之内，绝对安全，请各位放心使用。唯红色卡丁车没经过调速，只提供给专业卡丁车控，请谨慎选择，若有违者，本车场概不负责。

巴峰还没看完就隐隐笑了下，估计聂振他们也没注意到公告。他说："孔老板，我真的不晓得，早晓得，就不选那么快的。"孔向武就笑了："问题是你选了，还钻了他们三个那么窄的车缝，还做了点漂移……""问题是我撞墙上了……"巴峰红着脸说。"不要说了娃娃，叔叔问你，开车爽不爽，要是爽，我教你怎样玩好它。等你熟练了，我们就比赛比赛。"孔向武说。

原来人家免费请他，还是为了比赛嗦。巴峰放下一颗心来，赶紧点头："当然爽，很爽，越快越爽。"孔向武笑了起来，继续鼓励说："再说具体一点。"巴峰抓耳挠腮，半天才说："孔老板……"孔向武打断他："叫我孔叔。"巴峰就说："孔叔，我作文历来就不好，不会打比方，只，只觉得卡丁车像我的亲人，开起来心里特别安定，像存了很多钱的人一样。"孔向武就笑了起来，拍他肩膀说："对了，对了，我当初也是这种感觉。"

这天以后，连续几个周末，巴峰都在大奔练习驾驶或者与孔向武比赛，每次三四个小时。开始的时候，他自然比不过后者，但这更激起了兴趣，很快上瘾，晚上睡觉做梦都在开卡丁车。他开始撒谎，有时说是去同学家，有时又说学校要办黑板报什么的。撒谎对他来说，是个新鲜的经验，反过来更增加了卡丁车运动的刺激感。

至于为什么要撒谎，巴峰自己也不明白，只是凭着一种直觉。他依稀记得几年前，父母在饭桌上有次提起过孔向武，说的什么并不记得，大约并不是什么好话。而县城里的其他人提到孔向武，也没有多少好话。过去巴峰似听非听，并未留心，自从去大奔免费玩后，他开始竖起耳朵搜集孔向武的情报，最后归纳在心。人们的谈话内容大约有以下几点：一、孔向武是鹅县最早买摩托车那八十几个人中唯一还活着的，真是命大；二、孔向武是县城数得上的富翁，究竟有多少钱不知道，只晓得有修车厂，有赛车场，还有酒楼、洗浴所什么的一大摊（县城人提到这些一般还要加一句：屁儿芯芯黑了才能挣大钱。至于怎样黑了，哪里黑了，大家也说不出所以然，只说是人间规律）；三、孔向武有毛病，四十大几了还没结婚……

巴峰听完不作声，也不愿管这些，只要孔向武不是来无影去无踪的人贩子，他都愿意每周去大奔跟他一起玩卡丁车。那几乎是他出生以来，最好玩最有趣的事情，他像保护国宝一样小心呵护着此事，生怕喜怒无常的母亲进来插一竿子。

五

如果出一道关于恐惧的选择题，巴峰会毫不犹豫在地震洪水疾病车祸中，挑出母亲邱欣荣的名字。她骂他，最高级别不过那个病句“饭桶，吃屎长大的”；她打他，最多不过两个使了半成力的耳光（而且从小到大，不超过十次）——但，他就是怕她。有时她脸色不太好看，他就有点整夜难以入眠，心慌慌的，好像激素失调一般，挨到天明。

扪心自问，他觉得母亲非常爱他。据说，刚怀孕邱欣荣就辞去了工作，护龙胎一样躺在床上保他，足不出户。生他后宁愿拿出全部积蓄补贴家用，勉力支撑，也犟着三年没出去挣钱。她请不起保姆也不要任何亲戚甚至孩子父亲帮忙，一手一脚亲自带他，半分钟都舍不得离开，拿勺子去米锅里搅搅都要背着他。她说观音娘娘来带巴峰她都不放心——当然，邱欣荣因此耽误了机会再也找不到生孩子前效益那么好的商场做营业员的职位，也无数次在饭桌上不轻不重地推给儿子以及丈夫——其后的十几年她依然如初，一切好吃的好玩的，首先都给儿子，种种催泪细节罗列起来几天几夜也讲不完。巴峰每在电视里看到危险面前母亲凛然保护孩子的事情，都深深相信，邱欣荣会时刻准备着，毫不犹豫把命送给他。

纵如此，他就是怕她，并且一直谋划着怎样甩脱她的控制，尤其是每天早上去送他上学的事（若不是上班时间不允许，邱欣荣恨不得早中晚接送他四次），他在初二的时候拼了半瓶眼泪才脱了手。那时他因成为全校唯一被母亲送来上学的孩子，天天遭到一群女生的耻笑，其中也有他仰慕的小白。

但是，当孔向武掏钱在大奔安装了一个硕大的电子表直接显示驾驶者的单圈速度，并且在美丽的前台小姐后面墙上挂上醒目的每周成绩表，注明前三名免费时，巴峰都有点一根筋地只想一有时间就往大奔钻，尽管他清楚县城只有巴掌那么大，母亲迟早会知道他在大奔出的风头。

那个时候他已经偶尔可以排到孔向武前面去了，虽然每周三清零重排之前，后者大多还是会想办法跑到男孩子周日的成绩前面去。巴峰的周日纪录在不断刷新，孔向武也从容地跟着他，在周一或者周二来慢慢刷新。前者很吃力，后者貌似总有余量。有天晚上，巴峰再次把新成绩弄上榜首，哼着歌儿出来后，看着蜿蜒而过的护城河在灯光下闪着粼粼的微光，突然心里一紧，变得不敢回家了。他不知道自己怕什么，但就是怕得要命。纵如此，到了第二个周末，甚至不到周末的某些夜晚，他也偷偷跑出来，去大奔继续打榜，并且入迷地练习着回头发夹弯漂移。只有那种时候，他的内心如明月高悬，无星无风，更没有老师和父母等无数人，连孔向武和小白都没有，甚至他自己的影子也找不到。

他从来不知道，人生可以如此简单干净，如天籁一般安谧平缓而欢喜。

暑假到来前，事情终于出现了变化。某天下午，巴峰刚把成绩打上榜首，正看着第二名孔向武的名字，遐想师傅第二天来看到最新纪录的样子，有个认识他的人就走了过来，很紧张很神秘地说："巴峰，你老娘在公馆巷口子等你。"那人说完就走了，像电影里的间谍一样神秘，巴峰却吓得整个人差点瘫软在地，伸手想抓那人衣服，也没抓住。

仿佛费了很大的周折，仿佛渡过感觉中最黑暗的时间河流，巴峰懵懵懂懂回到家后，才稍微清醒了一点，不明白母亲为什么不直接冲进大奔，扇他两耳光（那才像他了解和理解的她）？不明白邱欣荣为何等在几十米远的巷子口，沉默无声地把他带回了家。

不过，这样更可怕。他如砧板上等待刮鳞的活鱼。

巴峰浑身微抖，等着结局。没想到母亲依然一言不发，依然没有出手打他耳光，更没有用那个病句骂他。邱欣荣突然丧失了泼辣和躁动，变深沉了，如电影中的女知识分子一样。她看着儿子低垂在胸口的脑门心，也就是书上说的百会穴，足足看了十分钟，然后叹口气，走进里间，窸窸窣窣打开了柜子。一会儿，她走了出来，手里拿着个小瓶子，上面画着个骷髅头。她把瓶子不轻不重磕在身边的桌子上，对儿子说："巴峰，妈妈在这个世界上，啥都没有，只有你。你要不听话，妈妈就只好喝农药了。"巴峰一听吓了一跳，抬起头来，看到农药瓶子的旁边，邱欣荣的眼睛含着泪水，眼白血红。

巴峰吓得一下跪了下去，哭着喊了声“妈”。那个时候，他才知道，他从小那么怕她，原来是太爱太爱她的缘故。

六

半个暑假过去了，巴峰一想到母亲含着泪水、眼白血红的样子，都控制着自己不去想大奔卡丁车场，以及“孔叔”。十中的暑假作业并不多，男孩子每天有很多富余时间看电视，偶尔也去街对面的网吧玩玩卡丁车游戏。奇怪的是他这样不明不白消失后，孔向武也没亲自或者托人来找过他，或者至少问问他不去赛车的原因。

整个世界好像都把他遗忘了。当然这也与他选择自我封闭有关。

巴家的生活依然如故。父亲巴从云还是轻手轻脚、沉默寡言地进出家门。大约在初中的时候，巴峰就看明白了，父亲并不简单，他貌似处于弱势，貌似永远被妻子唠叨和训斥，其实他永远不会为了妻子改变自己半点。那个一斤和半斤猪肉的故事是个铁例。曾经也有街坊劝巴从云说：“你们两口子天天早晨大声斗气吵架，串夹壁头不隔音闹死人了，你就让让欣荣，只买半斤吧，不吃到一斤要死人吗？”那个时候，在堂屋写作业的巴峰第一次听巴从云说了段特别长的话。他站在街沿说：“哪里吵架了？都是她一个人的声音。你们有所不知，我买一斤肉不是为了自己，是为了巴峰。我们小时候肚儿长期吃不饱，吃肉的事情更是天方夜谭，现在能给巴峰吃肉了，我就要让他好好吃。再说，鹅县是全国的生猪基地，猪肉比别的地方便宜太多，不吃白不吃。”他的话还没说完，邱欣荣就拿着扫帚从厨房里冲了出来，做出要打他的样子，实际上连衣角边边都没扫到。邱欣荣骂：“你个龟儿哟，炒盘肉出来，自己吃掉大半，眼睛珠珠都落到菜盘子里，恨不得卷起裤腿跳到盘子里去捞肉，还说是为了儿子。啊，你说猪肉便宜，不吃白不吃，你便宜，你便宜到一直没钱搬进楼房，一直没钱给我买件好衣服，你还吃，还吃……你，你是饿死鬼投胎么？”

邱欣荣这段话刚说出两句时，巴从云就跑远了。巷子里的人都说，邱欣荣把丈夫当儿子一样管，简直是个泼妇。只有巴峰知道，就算父亲被母亲的扫帚吓跑了，晚上回来，依然不会因为妻子的责骂、眼泪或者呼天抢地、打脚板手改变自己半点习惯，比如不洗脚就睡觉，比如……那个一斤猪肉的事，甚至，他在外面做电工挣的那点钱，也不会拿出来交给邱欣荣统一安排。当然，如果交出来了，他就丧失了每天早晨去买一斤肉的机会（尽管他顺便也会买全家里一切生活用品）——这几乎成了他全部电工工作的目的。

母亲每天为了这些鸡毛蒜皮闹得不可开交，几乎见面的每一时间都在聒噪。邱欣荣不懂得什么叫安静。巴峰怀疑她从来没有听到过鸟鸣，或者微风轻轻窃笑的声音。他看见她长着薄薄的嘴唇，而他和父亲，则是厚嘴唇。男孩子在暑假快要结束的时候，每听一次母亲唠叨，就每增加一分对那辆红色卡丁车的想念。大奔每周前三名免费的规矩，他在游戏室听别人说已经取消。他蓦然醒悟那个政策就是孔向武专门为他设置的。

他愈发想念红色卡丁，想念在车上风驰电掣时，心脏几乎一动不动的那种安宁，安心。他在一个温度接近四十摄氏度的下午，顶着明晃晃的太阳出了门，找了县城最僻静的凉糕店，买了一碗两元的凉虾，慢慢吃着，让汗水顺着一种自虐般的情绪落下来。

他正思忖吃完起身后去往哪里晃荡，一个脏脏的塑料线编织的草莓突然丢进了碗里。他抬头一看，发现聂振正嬉皮笑脸看着他。他不想招惹聂振，站起身来想要走人，聂振却一拦他说："喂，孔老二叔叔想请你吃豆花。"巴峰呆了半晌才反应过来，孔老二就是孔向武。聂振不喊他孔老板、孔叔，却用外号加上稚气的叔叔两字来称呼他，显出这阵他们走得很近了。巴峰突然涌起一种类似吃醋的情绪，绕开聂振，头也不回地走了。

男孩子并不知道，第二个发夹弯正在前面。

七

孔向武要请巴峰吃豆花，巴峰拒绝了，并不说明这事最后就会黄。

当孔向武开着自己貌不惊人的马自达，准确地在护城河边拦截到彷徨溜达的巴峰时，已是晚上八点过。天光还微亮，巴峰跟邱欣荣说想出来找人打篮球。锻炼身体邱欣荣没意见，儿子越强壮她越有安全感。孔向武用的是滑行的速度拦截他的，所以巴峰那个时候没看出这辆车有什么不同，只看见聂振在后座向他招手。他又感到一阵醋意熏头，转身想跑，却怎么也跑不动。很久以后他承认，孔向武于他有种威慑感，尤其当他发现一段尘封的历史后，更加强了这种感觉。这是后话了。

当时，巴峰只挣扎了一秒钟，就顺着孔向武的指引，坐进了副驾驶室。孔向武简单说了句“我们去复兴镇吃老豆花哈”，就再不发一言。复兴镇老豆花是鹅县最好的豆花，离城大约五十里。马自达低低怒吼着慢慢出城那两分钟里，巴峰的脑袋一片混沌，上了公路才蹦出一个念头——有车真好，吃个豆花都去五十里外的。

仿佛是一转念间，巴峰猛地发现，这辆车没走高速路，直接转入了一条废弃不用的小公路。夜色来临了，马自达发出巨大的轰鸣声，风驰电掣般前进。

速度真快，快到把两侧一切抹成了写意水墨；声音真大，大到整个宇宙只有这声音，以至于，仿佛已经听不见了。夜并不黑，那晚的月亮特别亮特别圆，好像天市街灯一般远远召唤着他们。巴峰转头看了看车尾扬起的大片灰尘，隐隐约约如古怪的外星飞行器在喷气，心突然变得特别宁静，如回到前辈子的家一般。他本来就是个梦虫般的青春期孩子，不会去考虑速度或者别的技术指标，或者安全，或者考虑世间一切，他只产生了一种对孔向武驾驶的这辆车的无比信赖——是对这辆车的。

感觉中仅仅过了几分钟，汽车就下了公路，驰入一个空旷的场地。马自达突然掉过头，对着路边一个电线杆子绕起来，一圈又一圈，越来越快。巴峰快乐得尖叫了起来，后座的聂振也在喊着什么，但他们的声音都被夜晚巨大的马达轰鸣掩盖了。

一瞬间，马自达又不绕圈了，迅速前行，瞬间又来个一百八十度的大掉头，车尾一甩进入了旁边一个大棚，瞬间稳稳停住。孔向武喊了声“下来”，自己就先跳了下去。

巴峰下车后，借着周围的灯光一看，原来那个著名的老豆花店为了方便过往客人，未入小镇，开在公路边的一大块空地上。它旁边全是灯火通明的各种豆花店，偶尔夹杂个把羊肉汤馆，几乎形成独立的豆花一条街。复兴镇在这条街的背后也是灯火通明，骚动不安的样子，其间已经有不少高楼耸起。豆花街末尾的空地边，随便搭了个石棉瓦大车棚，支撑的钢架上零星亮着几盏白炽灯泡，照着里面一排汽车。刚才孔向武停车的时候，一百八十度大甩尾，竟然准确停在了中间车位，车头朝外。孔向武熄火后突然对男孩子说：“自然吸气发动机，气缸容积 3598，最高功率 490，最大扭矩 530，后轮驱动，手动 H 型斜齿 6 前进挡，完全是 D1 级别的牛，我花了大半年时间亲手组装它，不要说鹅县，恐怕全省都找不到第二辆。”

上面这段话孔向武语速很快，如数家珍，巴峰完全听不懂，但他也是长期上网的人，在同学中又有些资讯来源。这个时候夜风一吹，男孩子慢慢清醒了过来，醒悟到了什么。他思绪刚一飘远，却发现聂振早已跑远，跑到先前马自达绕桩的地方，借着半明半暗的光线，仔细查看地下的车辙，大喊大叫：“孔老二叔叔，这次比圆规画出来还准确，真的啊！你真是我的神啊！”

孔向武哈哈大笑，那种洪亮的声音完全不像他这种身材矮小干瘦的男人发出的。巴峰皱了皱眉头，晓得聂振已经不是第一次跟着孔向武出来飙车了。

到了老豆花门口，店主已经笑眯眯站在门口恭迎。那婆娘讨好说：“孔哥，我本来打算关门，一听你的引擎声，又打开了。”旁边就有个喝醉了的食客剔着牙说：“私自改装车是犯法的。”老板娘走过去，佯作生气，高高举起手，轻轻落在他背上说：“李扯火，就你话多，赶紧吃了滚，我们孔哥在鹅县没有啥子事情是不可以的。”孔向武这个时候已经坐了下来，对着那食客，也对着两个男孩子说：“我把距离这里三十多里的图头山包下来搞果园了，那里有条废弃的盘山路安逸得很，都是发夹弯。说起来我十二三岁时还去帮修路队锤过碎石头，也有一份小功劳。以后，我们去自己的山上飙车，没有哪个管得着，交警队长也管不了。”老豆花的老板娘一听，吓得放了手里刚刚拿起的账本，走过来俯身轻问：“孔哥，你真的要承包图头山啊？”孔向武就说：“已经签协议了，五十万包三十年使用权，我要请人在山上栽满苹果树。”

巴峰看见老板娘的脸上现出很吃惊的神色，想说什么又没说。他猜想大概与大人们很在意的经济盈亏有关，便抛下不管，只红着脸，有点羞涩地问孔向武：“孔叔，你今天做的，就是绕桩和漂移入位是不是？”孔向武瞪大了眼睛，假装吃惊地说：“巴峰，你很有见识哈，还晓得专用名词。”那边的聂振却不愿意了，嘀咕说：“三岁娃娃都晓得，还要你来说。”

“听说要博士后的级别才学得会。”巴峰咂咂嘴。孔向武说：“娃娃，没那么玄乎，哪个都可以学会。只不过，人前显贵，人后受罪，要多练习才行。”巴峰就说：“我不想显贵。”聂振就没好气地杵他：“那你想啥子呢？”

巴峰又咂咂嘴，没说出话来。他的感觉无法描述，总之他就是喜欢，疯狂地喜欢，感觉车速一快，生命就腾空而起，变得轻盈，如轻烟一般笼罩大地，什么考试分数父母大战，什么喜怒哀乐烦恼郁闷饥饿贫穷全都抛到了九霄云外。按照物理老师的说法，在极快的速度中，时间变慢了，一切都变细致了。但巴峰并没听到老师还有个前提条件，说的是在超过光速的不可能存在的假想速度中。

一转念，那个传说用了十八种调料，以新鲜藿香做引子的老豆花就端了上来，足足一不锈钢盆子，扎扎实实放在桌子中央。

八

老豆花再好吃也味同嚼蜡，巴峰的心思全在刚才来程路上，思绪飘飘浮浮，如同做梦。回城依然云里雾里。几天过后，男孩子还感觉处在失重状态，吃晚饭时候被邱欣荣敲了一筷子头，骂他：“你龟儿，是不是早恋了？”巴峰说没有。做母亲的不信，死死叮嘱了半天，大约意思就是说，谈恋爱等于被土匪抢钱，女方便是土匪，男方属于被害人。“儿呀，”她试图以理服人后以情动人，“妈养你一个都很恼火，不要再谈个女朋友回来增加包袱哈，以后上班挣钱了，有的是机会，现在一定要稳起。”为了堵住她的嘴，巴峰的头点得鸡啄米似的，就差跪地上发誓了。

孔叔组装的马自达飞起来那么轻盈，而母亲那么重，那么滞，现实中的一切都湿淋淋水漉漉的，羁绊死个人。

按照巴峰的智商，一心以为孔叔带他出去吃豆花，就是为了炫技，为了吸引他走出卡丁车场，去大自然中一起驾驶真正的汽车，狂飙天际。孔叔还是期待做他的师傅，因为他巴峰有天赋。这样一琢磨，男孩子喜得好几天都睡不着，像被体育彩票砸中的人。一个星期后，孔叔那边却一点动静都没有，孔叔的信使聂振仿佛忘记那个夜晚了，泰然自若。这让巴峰有一刻也开始怀疑，自己是不是真的做了一个梦。正常人不可能开出那么诡异的车，可要真是梦的话，孔叔快速说出的那些汽车参数，虽然记不全，但零星记得的自然吸气、气缸容量和后轮驱动等，经过网上查询，竟完全符合科学。而之前，巴峰并不知道这些。做梦，是不可能做得这么科学的。

又过了几天，巴峰熬不住了，决定主动去找孔向武谈谈。男人不在卡丁车场。男孩子按照员工所指，找到修车厂，又找到洗浴中心，最后在孔家的天美酒楼后厨找到了他。孔向武正在指挥厨工刷洗小龙虾，对他们说是空运过来尝鲜的，要是安逸，就打算引进来本地养殖。厨工们有节制地笑闹喧哗着怂恿老板快引进过来。巴峰很勇敢地喊了孔叔，后者有点意外，但还是走过来表扬他说："硬是机灵，这么隐蔽都被你找到了。"并且热情邀请他一起吃龙虾宴。

在那个为了增加菜价而挂满各种书法赝品的清静包房里，巴峰对从未吃过的小龙虾毫不感兴趣，甚至有点恨它几次三番插进来，用复杂的骨骼结构打搅他们的对话。男孩子硬着头皮吃下了一只，实际上他感觉什么都没吃到，只是把壳和肉胡乱嚼碎吐在骨盘里，就心急火燎地说明了来意："孔叔，我也想绕桩，我也想漂移入位，你教我嘛。"孔向武看着他，一时半会儿没有说话，直到吃完了一只虾，才用湿巾擦干净手，喝着啤酒慢慢对他说："娃娃，还没学会爬，就想学会走？”巴峰愣了下，瞬间明白过来了，赶紧说：“我晓得，我晓得，先要学习开车。孔叔你不是开了驾校吗，你收我为徒弟嘛，我从开车学起。”孔向武说：“我为啥子要教你？”巴峰就说：“是啊，为啥子要教我？”孔向武就说：“我在问你！”巴峰恍然大悟，想了想，拍着脑壳说：“因为，我有天赋。”孔向武就说：“你有天赋关我屁事啊，我又没啥子好处！”他说完，诡异地看着巴峰笑，看样子就是逗他的。那个巴峰却是实心眼，听不懂玩笑，一急，竟哭了起来。

“那你说唧个办嘛，我就是很想学，想得不行。那你说唧个办嘛？”巴峰呜呜咽咽。孔向武不敢跟他开玩笑了，马上扯了餐巾纸递给他：“别哭了，别哭了。跟你开个玩笑不行吗？实话跟你说，我教你是有好处的。”“啥子好处？”巴峰立马不哭了，尖起耳朵瞪大眼睛等着。孔向武看他那没心没肺的天真样子，啥都藏不住，禁不住“扑哧”笑了。他稳了稳神色，然后说：“巴峰，我听聂振说你们都爱看武侠小说，独孤求败这个人总是晓得的吧？”巴峰点头，舔舔嘴唇，继续期待下文。孔向武就说：“叔叔我不是吹牛，像我把车弄得这么清楚，世间少有。街上过一辆车，我光听声音就能判断出是啥牌子，跑了好多公里，哪里有毛病或者哪里可能要出毛病，甚至连开车的人的性格都能感觉出来。叔叔自己坐上车，开起车，就跟车合二为一了一样，开快开慢随便做什么动作，好像都是自己在做……唉，你说叔叔我在这里有谁能探讨沟通，活着还有啥子意思？”“那你可以去参加达喀尔汽车赛噻。”巴峰突然蹦出一个刚从百度上了解到的词语。“管他达喀尔喀达尔，叔叔连鹅县都不能离开。”“为啥？”巴峰问。孔向武就把手肘放到桌子上，移过来靠近他，问他说：“天空这么高，世界这么大，你现在可以离开鹅县吗？”巴峰想了想说：“不能，我妈会打死我的。我爸老说要去深圳打工挣大钱，有个厂都答应聘用他了，我妈也不要他走。”“这就对了。每个人都不像看起来那么自由，生活就是一张网，把你网住，挣都挣不脱。”孔向武直起身，继续喝起啤酒，同时不停挟别的菜给巴峰吃，吃了半天巴峰才想起学车的事还没敲定。孔向武就对他说：“巴峰，听聂振说你妈是邱欣荣后，我都不敢收你为徒了？”“为啥子呢？”巴峰一惊，血往脑袋涌，又气又急，以为孔向武嫌弃邱欣荣在外面的泼妇名声。孔向武却说：“娃娃，叔叔十八岁以前，只有一个好朋友，就是你妈妈，她，没跟你说过？”巴峰瞪大了眼睛，不明白这意味着什么，也不明白跟学车有什么关系。

他连珠炮地发问，就差点扯起孔向武的袖子左右甩了。孔向武不知他生疏时腼腆羞涩，一旦混熟点竟这么倔强任性，拿他没办法。他也晓得跟十六岁的愣头青说不清楚人间的事情，只好避繁就简，说：“这样吧，只要你妈邱欣荣同意，我就收你为徒。”

巴峰说：“来，拉个勾。”孔向武只好依了他。

九

再过两天就要开学了，巴峰心里那个重大计划一直没找到机会向母亲说出来。他仔细考虑了，继续读书也是白读，由于前期底子薄，往后各科老师讲的东西愈发听不懂。每节课四十五分钟要正经卡在那无比狭小的位子上，假装洗耳恭听，实在是比坐牢还难受。牢房毕竟比学生座位宽，还可以躺着，牢房里也没有三天两头吓死人的考试，以及考试后来自老师同学家长甚至社会的各种鄙视和责骂，包括母亲的眼泪和巴掌。他越来越体会到为何总有鹅县或者别县的学生自杀了。对一个不爱读书的人来说，从小学到高中整整九年，每天被困在半平方米不到的地方动弹不得，还要随时遭受侮辱和打骂，真比死还难受。但是，一转念想到邱欣荣挨在农药瓶子旁边眼白血红恳求他听话的样子，又感觉自己不去“坐牢”，母亲就要去死，的确是进退两难啊。

在这个反复考虑何时开口的过程中，很多问题被拿出来检视，巴峰发现有个疑问自己忽略了——邱欣荣为何当初对他去大奔玩卡丁反应那么激烈，甚至拿出了农药瓶子？邱欣荣也没说是为了学习，为了时间或者金钱啥的。实际上母亲当时啥都没说。巴峰苦恼了，反反复复猜测，又想起孔向武说跟他母亲是发小，突然灵光一现，想自己是不是孔向武的私生子啊？

那些电视剧里面不都是这样发展的吗？若真是这样，孔向武就是刻意接近他了——一切都是设计好的，为了认亲生儿子——男孩子越这样想，越兴奋。

吃晚饭时，男孩子把巴从云反复端详，越看越跟自己不像。他又把邱欣荣反复端详，结果发现自己眉眼很像母亲，而脸型则比较像孔向武。难怪孔向武一直没结婚，难道还在爱着自己的母亲？可是，孔叔他晓得初恋情人在家里啥子脏话都骂得出来，还当着邻居挖鼻孔吗？

这样一想，巴峰赶紧低头刨饭，觉得刚才的想法，既对不起父亲，也对不起孔叔，只有母亲占了大便宜。他迅速解决完饭菜，打算起身去后院借夏日最后的天光写最后一篇暑假作文，母亲却一路追了出来，端着碗坐他面前，诡异地说："幺儿，你想不想学个技术，以后有碗饭吃。"她说完还用筷子敲了下碗沿，"当"的一声。巴峰愣了下，然后说："学啥子？"他妈妈就说："去跟孔老二学习修理汽车。"巴峰吓了一跳，说："你为啥子突然提起他？"当妈的就说："龟儿，你当我不晓得嗦？！你跟孔老二去吃老豆花后，胡姐就打电话跟我说了。我顺势子就去找了孔老二，跟他七谈八谈的，他同意找关系把你从普高转到职业高中，那里有汽修专业，他又是那里的特聘校长，你不用去上课以后也把文凭给你。"巴峰越发听糊涂了，一切事情像团乱麻，他感觉有点理不清，张着嘴半天才说："胡姐是哪个？"邱欣荣就说：“耶，就是那个老豆花的老板娘噻，她都看见你了，未必你没看见她。”“她啷个认识我嘛？”巴峰更加觉得诧异了。邱欣荣就说：“她认识你得很。每个星期回城都来我柜台摆一会儿龙门阵，有几次还看到你了，你没注意她。”“她到底是哪个嘛？”巴峰有点不高兴起来，好像自己一直被窥视监视似的。邱欣荣就说：“她呀，跟我和孔老二，都是一个生产队长大的。”邱欣荣还想说什么，却有邻居在外面喊她去跳广场舞。平时邱欣荣三天打鱼两天晒网的大多时候推辞，这天却兴致勃勃换了身花绵绸连衣裙去，还抹了点六神花露水当香水。

从那天开始，邱欣荣每天都去跳广场舞减肥，每天都抹六神花露水在耳朵背后。

天在这时黑了下来，巴峰的心也黑了下来。看母亲的神色，他根本不可能是孔向武的私生子。生活原来没那么浪漫，更不浪漫的是，原先以为的学开车学漂移的事情，竟然变成了学个修车的手艺。而且还是他母亲先想转了，亲自去找孔向武谈的。那么，之前母亲不要他去玩卡丁，动作那么大那么戏剧化，拿瓶农药要找死，究竟又是为啥呢？难道仅仅是像同学们说的强迫症一样，硬要把事情扳到自己喜欢的样子才舒服？他想不通。

巴峰胡乱把作文写一半，写不下去了，只好闷闷去睡觉，辗转反侧，轻轻叹气。凌晨一点过，他想到毕竟还没转学到职高，又起床去把剩下的一半作文写完了，方才上床正式睡。梦里总在飙车，漂移入位，奇怪的是竟全在羊肠般的盘山路上，两边好像有密密匝匝的苹果树。别人都说梦是没有颜色的，他却分明看到苹果红艳艳的，非常诱人。醒来他坐在床边细细琢磨，才想起那可能是孔向武即将承包下来的图头山。

巴峰再次见到孔向武的时候，非常奇怪，没有问转学或者学修车开车那些事，竟然还是不放过那个被母亲的表现否定了的问题："孔叔，我是不是你的私生子？"这个问题把孔向武惊呆了，过了一会儿又大笑起来，一边笑一边咳嗽说："瓜娃子，问些瓜兮兮的问题。"巴峰不笑，一摆身子把对方伸过来抚他肩膀的手甩开，严肃地说："孔叔，请正面回答我的问题。"孔向武不笑了，严肃地说："绝对不是。""那你跟我妈妈谈过恋爱没有呢？"巴峰穷追不舍。这一下，可把孔向武问住了，半天才说："我也不晓得。"

十

关于孔向武和邱欣荣的关系，前者是这样说的——很久以前，也就是差不多大的孔向武和邱欣荣十八岁之前，他们住在天堂寨。那个寨子里只有二十几户人家，过着田园牧歌般的生活。有一天，寨子里突然回来了一个中专毕业生，说为了帮助大家致富，要用寨子旁边的一种特别的草做喷喷香的纸，销往外国。村民都很兴奋，纷纷支持。小纸厂很快建了起来，大家一半做农活一半做纸厂工人。开始的时候的确很好，大家都过上了好日子，经常吃肉，还下山去县城扯加了金线的呢子布做喇叭裤、磨盘领短袖时装过瘾。没想到好日子不长，第二年，村里的人陆续得各种怪病死去了。现在想来，就是各种恶性肿瘤啥的，当时也不知道，公社和县的医院都没办法，不少人只好回到家里等死。而接下来的其他人，又在继续生各种怪病，陆陆续续死去。县政府中有人提出，可能是纸厂的废水直接排入天堂寨唯一生活用水的小天池中，把它污染了的缘故，所以后来侥幸没死的十几个人，全都搬到县城来农转非了，算是国家的一种照顾。你妈妈家里就只剩下你妈妈和前些年去世的外婆。我家还好，父母双全地出来，后来父亲走了只剩母亲，她却哪里都不要我去，天天必须见到我才行，一天不见，她就会生病。

这一说巴峰非常吃惊，母亲只说过自己从天堂寨农转非出来的，其余任何事情，都绝口不提。这次一听孔向武揭开谜底，巴峰瞬间明白了母亲为何总是死死拽住他不愿放手了。他很感动，回家向母亲提起，表达自己过去不理解她要亲手接送儿子读书的愧疚。没想到邱欣荣却说孔向武鬼扯，她说小天池在他们离开的时候，还很清澈，水也是甜的，根本就没有被污染。寨子里死了那么多人的原因是闹鬼。天堂寨在老一辈鹅县人的嘴里，被称为鬼寨。

“因为怕吓着你们，所以大人一般都不提起。再说，据说那种东西不能提，一提就会跟着来……”说到这里，邱欣荣突然害怕地抬起头，四处看了看，巴峰见她那样，也瞬间头皮发麻，浑身起了鸡皮疙瘩。巴从云却在那个时候走了进来，说：“莫吓娃娃了，我活了那么多年，想捉只鬼下酒，一直也没得手。”邱欣荣大怒，“嚯”地站了起来，连骂老不死的，骂他迟早要遇到鬼。那个巴从云却不恼，笑着溜出大门去，走远了。

邱欣荣重新坐了回来，巴峰看见母亲的眼里有点泪水。他瞬间感觉无比同情孤立的母亲，于是问她：“妈妈，孔叔说你年轻时是生产队里最漂亮的，他那时的确有点喜欢你，可是到了县城，你却突然不理他了，那是为啥子呢？”邱欣荣一听，有点生气了，说：“娃娃，你是不是笑话老娘没长后眼睛，不晓得孔老二会发大财，实话跟你说，就是他现在还喜欢我，我也不会喜欢他。”“为啥子呢，孔叔有啥子不好吗？”巴峰刨根问底。他感觉自己越来越喜欢孔向武。他在心里问了自己一个从女生们那里听来的终极问题：如果父母跟孔叔同时掉进水里，他会先救谁？他首选母亲，然后是孔叔，当然最后还是一定要把父亲救出来，否则他不会原谅自己。

当然这是他的秘密，不会让任何人知道。他只是假装脑子空白，呆呆看着母亲，等她回答那个重要的问题。母亲看他那样，便叹口气，给了他明确的答案：“我的哥哥和父亲在天堂寨死去之前，很惨很惨……唉，当时我就发了誓，无论是孔老二还是天堂寨其他男人，哪怕家里有金山银山，我也不会跟他们好。”母亲说完，就咬着嘴唇，去厨房做饭去了。她做得很仔细，很丰盛，有红烧鲫鱼，还有回锅肉和红白豆腐，再配了丝瓜蛋汤和凉拌黄瓜，五颜六色地端上来，是家里过国庆和清明的标准，吃得巴峰摇头摆尾，差点笑起来。

当天晚上，邱欣荣依然抹着六神花露水去跳广场舞减肥，走的时候嘴里还哼着小曲。

十一

差不多一个学期过去，直到春节之前，巴峰一直在孔向武的驾校跟着一位姓严的老师傅学习开车。据说那是该驾校最好的师傅。巴峰没有见到孔向武，不知道他在忙什么，严师傅也说不晓得。他只从母亲那里晓得自己的学籍真的悄悄转到了职高汽修专业。邱欣荣神秘地说：“在鹅县，没有孔老二办不到的事情。不过娃娃，你要记得保密，连最好的朋友都不要说，免得别个去搅水，把事情弄黄了。你晓得，现今的社会，没有高中文凭是不行的。”巴峰没作声，看着母亲一路笑着，出门去跳广场舞去了。空气中残留着花露水的气味。他觉得这是自己懂事以来，母亲最快乐的时光。

说真的，这也是他最高兴的时候——再也不用上文化课了，还能天天有高人辅导他学开车，学漂移，还由驾校反过来给他发学徒工资，每月一千元（当然一分不剩地落入了邱欣荣的荷包，部分变成了她这几个月买的那些赶时髦的廉价时装），再过一年多，又暗中拿职高文凭——这世上，没有比这更好的运气了——但，美中不足的，是再也见不到小白了。那个皮肤比谁都白，而且越晒还越白的女同学。

巴峰叹口气，抛开小白的影子回到现实中，慢慢却发现，父亲也是这妙事中的不和谐音。自从巴峰去孔向武的驾校学车后，巴从云增加了一个新的爱好：喝酒。每晚二两烧酒。无论邱欣荣怎样辱骂他，或者把酒杯拿起来泼脸上摔地上，他也不改。有一天，他还趁着醉意站起来，凶巴巴跟邱欣荣抢酒杯，眼睛血红，如瘦弱的疯牛一般。他到底是做力气活的，三抢两抢就把妻子的手腕弄青了。邱欣荣坐到地上大哭大闹，说巴从云打了她，又说要离婚，也吓唬不了他。他那时已经喝完，自个躺床上打起了呼噜。邱欣荣一闹再闹也无用，倒把巴从云的兽性要勾出来的样子。女人怕了，从此后只好让巴从云每天喝酒，买肥泡肉的同时买散装的高粱原度酒回来。她再不怎么跟他讲话。夫妻分床睡本来已好多年，因此并不因为不说话感觉生活有何改变。只是她不再管他一切不良生活恶习，屋里倒显出了清静，邻居还开玩笑说他们成恩爱五好家庭了。

邱欣荣后来对巴峰说：“随便你爸爸怎样活，我都不会管了。想想这么多年来，我哪里扳正了他半点恶习，闹死也没用。这个人非常顽固，还是铁石心肠。儿呀，我累了，寒心了，随便他瞎捣鼓算了。咱家再多一个癌症病人也无妨。人，总不是要死的。”

说完，她又去跳舞，还修了眉毛，化了淡妆，花露水用得更重了。

家里笑也好，闹也好，都不是巴峰愿意理会的。他已经有了主心骨——汽车，暗地里比过去要快活百倍不止。他压抑着，不表现出来，免得冷战中的父母嫉妒他。

男孩子要求母亲返还了两百元钱给他零花，几乎全部用到了网吧里。作为一个高二水平的善于利用网络的孩子，再加有了严师傅的辅导，这个时候的他已经成了某种事情的半个专家。他终于明白了在复兴镇孔向武提到的那些汽车技术参数，也晓得自己要学会修车甚至改装车，达到孔叔那个程度至少需要十几年的功力，加上运气。现在最需要做的，只是无止境地把孔叔改装过或没改装过的车，开到他说的与车合二为一的程度。

D1漂移联盟、勒芒24小时耐力赛、F1一级方程式锦标赛、WRC世界汽车拉力锦标赛、GT超级跑车赛、WTCC世界房车锦标赛、达喀尔拉力赛……无数从网上苦心扒来的名词，泉水样涌进他的脑子，被他天天反刍，又泉水一样涌到他嘴边，再被生生吞了下去。开始之初他就知道严师傅是个实诚人，不喜欢谈与自己生活无关的那些外国赛事。驾校有人悄悄告诉巴峰，严师傅年轻时曾自费去看过几次 555 拉力赛，但严师傅却故意表现得对赛车一无所知，甚至训斥男孩子不要谈些天远地远的事情，赶紧开好车，修好车，以后也跟孔老板一样，自己做老板，赚大钱。

实际上巴峰确实有天赋，来驾校半个月不到就学会了所有技能，每天没事在那里闲着，顺手便指导起那些来拿驾照的人。因他个子高达一米七八，别人也没看出他只是个不能拿驾照上路的十七岁孩子，也跟手跟脚赶着喊他师傅。严师傅告诉他，等孔向武忙完了，就来把他接到修车厂去当学徒，让他先在这里随意玩。大多数时候，巴峰没事，太阳慵懒地晒着这阔大的、模拟路况复杂的、建在县城郊外的练车场。他一看见师傅们没集中学员练习，便驾车在宽阔的场地内练习漂移，用百度来的那些基本知识反复练习。

目测距离、寻找参照物、采用制动漂移。民用车没有差速锁，制动入弯时车身飘忽不定，一度难以掌控。他跑过去，吞吞吐吐地求严师傅专门调一辆改装过的车来驾校。严师傅不搭理他，看他的样子很是轻蔑，他以为没戏，没想到几天后，竟真的调了一辆过来，是孔向武自己改装的，据说比照 N1 组战车名爵 ZR105 的性能做的。

这是拉力车中最低级别的，上坡恨不得要使出吃奶的力气，速度很慢，巴峰感觉很不过瘾，心情烦躁易分心。他有时一见转速表红灯闪烁，立即忙不迭地升挡，没想民用车为了保护发动机，不到最高功率已经断油……练了好长时间，他才基本掌握慢进快出的传统基础漂移技术。

那个时候，巴峰已经怀疑自己没有什么天赋，只是个普通人了，但他却被这个运动强烈吸引着。兴趣主宰了一切。

那些初学漂移的人所犯的错误他都在犯，严师傅默默看着，有时指点他，有时又故意不指点，很随意的样子，像带着孩子来野外玩耍的保姆一样，任随他们摔跤，不见流血什么的，都懒得去管。

那辆改装车只是1400ml以下的小排量车，巴峰想到自己开卡丁的辉煌，感觉被孔向武轻视了。车速如龟，他一再要求换成大功率车玩玩。严师傅训斥他："一上来就玩大功率，进弯急如闪电，出弯稀里糊涂，虽然像电影里的快动作一样过瘾，但不利于深入理解漂移过弯的原理，囫囵吞枣，拔苗助长，最后等于盖大楼地基没打好，啥都白搭。"

这些话一出口，巴峰豁然开朗。听锣听音，他琢磨孔向武对他还有什么大安排跟严师傅说了，刻意在对他保密似的。依照电影和电视传播给他的戏剧性人生经验，他觉得孔向武可能想把他培养成一个赛车手，然后带他去参加世界级的赛车运动。

"难道，我真的是孔向武的私生子？"巴峰舔舔干燥的嘴唇，眯起眼睛远眺黄云翻滚的冬季天空。

这样一探问，他更觉生活甜美，更加可劲儿地乱练漂移，连春节期间也不休息，一个人拿了驾校钥匙在打了桩的空地上狂转。单次制动漂移、两次制动漂移、左脚制动漂移、紧急制动漂移等等，慢慢被他掌握。

晚上驾校关了门，他便出去上网，疯狂研究跟赛车有关的一切。渐渐地，他对其他赛事完全不感兴趣了，所有注意力集中到达喀尔越野拉力赛上——那个传说中世上最艰苦的汽车比赛。

实际上他那时的水平，跟最低级别的 N1 组赛车运动员都还差得天远地远，也就是连赛车幼儿园水平都不到，就吃了熊心豹子胆，整天想入非非了。

思虑过度，想得没办法，又不敢在严师傅面前泄露半点，他就给聂振打电话，掏出几十元请对方吃麻辣烫。在吃的两个多小时内，巴峰变得健谈，把老同学当作垃圾桶，一个劲儿倾倒自己对赛车的兴趣。哪晓得聂振竟也很感兴趣，也知道不少网上赛车知识，当下便热烈谈起来，你一句我一句，眉飞色舞，乐不可支。从此后，两人竟因为这事走得比先前做同班同学时还近，常约着出来喝酒吃排档谈赛车，慢慢透出些铁哥们的味道，根本不提小白了。但那个聂振是光说不练的，因为没太多开车天赋，只是一种男生对雄性运动的天生爱好。即便他跟了巴峰去驾校，也是坐在棚里远远看他练，或者低头翻翻学员掉在那里的破烂杂志，权当观众。

十二

春节一过，巴峰在某个下午突然接到吃豆花的通知。信使依然是聂振，这让男孩子的吃醋情绪又涌了上来。

这次是白天，孔向武不敢开大轰大鸣的改装车，只开着一辆斯巴鲁翼豹载着两个男孩子，如一滴水般，非常含蓄静默流畅地滑行在高速公路上。坐在上面的巴峰感觉自己的呼吸变得像电视上说的瑜伽呼吸一样深长。两边的人和物依然是不入眼的，男孩子的心除了体会斯巴鲁翼豹的心与他一起跳动，就是偶尔窥视下驾驶者的后脑勺。他惊异地发现，孔向武的耳朵比较大，像个元宝，而他自己的，则比较小，像个馄饨。这个发现令他感觉有点失落。

转眼间，又来到了胡姐的老豆花店。胡姐不在，巴峰感觉放松了点，仔细品那豆花加蘸水，真的是世间少有的美食，说不出的回味无限。

三个人撕纸巾抹了嘴，继续上车，随斯巴鲁翼豹潜向远方。不多久，他们下到一条黄泥巴机耕道上，颠簸几里后就到了层峦起伏的群山脚下。山上植被比县城周围稀疏许多，大片紫色的砂岩露了出来，在当天多云天气的衬托下，显出温带国家那些油画中的荒凉感。有座山上果然悬挂着弯来拐去的盘山路，每隔几百米，就是一个发夹弯，层层叠叠，直上山腰云畔。

孔向武不说话，只把车开到山脚尽处，一拐弯，巴峰才发现树林边修了一排铁皮棚屋，外面围着围墙，院子里停着几辆车，其中也有上次那辆改装的马自达。几个穿着蓝色衣服的修理工在忙进忙出。

斯巴鲁翼豹老实地滑进院子，靠在墙边。孔向武没有玩任何花样。他下车后就对孩子们说："这几个月，我找人上去把山路修了下，周围还拦上了一人多高的铁丝网，免得偶尔有人畜听不到发动机震天响的声音，硬要跑到路上来，危险哈。总共四公里多一点，需要拦铁丝网的路不到一公里。这段路非常安全，全部夹在缓坡中间，等于天然有了几米高的屏障，就是翻车也翻不到崖坎下面去。我们每次上去耍车的时候，路口都会有人拉好线封闭。不说了，先去开开眼界。"

巴峰他们还没回过神来，就被邀请坐进了先前那辆马自达。看起来，那是孔向武最爱的车。马自达叫嚣着冲出院子往山路口拐弯时，坐在副驾驶座的巴峰回头看了看院子里那四辆车，想其中除斯巴鲁翼豹外，肯定有一辆是属于自己的，孔向武应该不会跟人搭伙用车。转眼间到了路口，孔向武慢下来，伸出头叮嘱守路的小伙子，要他们每天派人巡查下铁丝网坏没有，以免真有什么撞进路来。那人就说："老板，周围农民说这座山闹鬼，荒僻得很，一直都没人来。"孔向武就呵斥他："你就晓得解释。我早跟你说了，任何事不解释不埋怨，无原则执行就是了。"那小伙子脸红了，马上点头称是。

孔向武准备要上山了，突然又侧头对车里前后两个孩子说："其实孔叔这车也并不见得有多牛，无非就是个N组水平。N组晓得吧？”“晓得晓得。”两个孩子赶紧点头，聂振还补充了一句：“国际汽联规定赛车分A组和N组，A组可以随便改装，是百分百的赛车；N组不可以随便改发动机和制动系统等核心装置。”孔向武哈哈大笑了起来：“娃娃，你们这代人有了网络，啥子都晓得。叔叔当年在天堂寨当拖拉机手，一本驾驶手册也是走到百里来远的县城才买到，翻烂了就那点技术。喏，你们看到了，下面院子的车你们可以玩儿，大约等于最低的N1组水平。哦，对了，跟巴峰这几个月用的车型差不多，都是我亲手将民用车改造过来的。大众那款质量不错，比驾校那个稍微好些，巴峰开始可以用这个。至于我这辆，你们想都不要想，跟了我十年的那些徒弟们都摸不到。我这款已经够资格参加日本的D1漂移联盟赛了，专业得很。坐好了，把安全带系紧，娃娃们……”话还没说完，车已经上道了。

在自己花了巨资打造的封闭赛道里，孔向武把速度飙到了最高，竭尽全力地过着车瘾。巨大的引擎声惊得很远地里做事的农民们都直起腰来，指点着山上，说些埋怨的话。也有个别年轻人远远跑过几个田坎，想到山口来看热闹，又被封路的小伙子们拦住，切切说着什么。

转眼间，第一个左向发夹弯来临。孔向武声东击西，竟先向右边略微转向，使左侧弹簧压缩，右侧弹簧拉伸，然后再向左打方向盘进弯，左侧弹簧从压缩变成拉伸，右侧弹簧则相反，汽车积蓄的能量一下释放出来，闪转腾挪，顺势漂进了左弯，接下来，他又回正方向盘保持漂移平衡，半踩加速踏板，微调加速力道，避免大功率后驱导致车辆打转失控，可以说是利用车重转移制造了一个绝美的漂移。

接下来就更精彩了，孔向武要么"笔走龙蛇"利用S弯制造漂移；要么上山下坡利用路面颠簸制造漂移；要么"脚踩两只船"，利用路面的不同摩擦系数制造漂移；要么……简直把两个小家伙惊得不能呼吸。但只有惊，没有险。图头山地处丘陵地带，只五百多米高，又不是孤峰独挺，而是如多个大小芋头黏合群生。为了缓减坡度，建造山间公路时，几百米高度在各个"小芋头"上延长至四五千米才达主峰，也就是四公里多竟有两个大弯，五个回头望发夹弯。

转眼间到了路尽头的一个几十平方米的小坝，孔向武没有停下，而是做了个漂亮的大幅度漂移，转头就似猛虎般下了山，一路还是非常快地漂移过发夹弯（而不是像专业漂移运动员那样减速进弯漂移）。到了最后一个弯时，马自达突然腾空而起，随即砸向地面，前轮率先着陆，又接着果断转向，车头猛地一拐，后轮"嘭"地落地，轻微反弹。车体转体后，弹跳的后轮加剧了转向过度，于是车辆竟做出一个特别大角度的漂移进弯。

孩子们惊得仿佛窒息了。车停了半天，还在那里毫不动弹。孔向武刚刚解下安全带，就听到巴峰呜呜咽咽哭了起来。孔向武和聂振都问他哭啥子，巴峰半天才说："孔叔，我一辈子都不可能开得你这么好。"孔向武就笑了，摸着他的头说："不一定，不一定，好好学就行了。"

巴峰这个时候突然说："孔叔，我想问个问题？"孔向武说："随便问，随便问。以后每个星期我们都找一两天时间过来，专门练山路漂移。你的车跟在我后面走，我慢慢带你。"巴峰就说："孔叔，我不是问这个，我想说，为啥子不到山顶上去，走到大半截，你就把路封死了。"孔向武这个时候就说："娃娃，你不晓得啊，图头山走到山顶，再往前不远，就可以进天堂寨了。我封起来，免得你们进去。"

聂振喊了出来："为啥子不可以进去呢，孔叔？"孔向武看了他一会儿，想说什么又没开口，最后说："今天晚上回去吃麻辣烫，我慢慢跟你们摆过去的事情。其实，我早跟巴峰说过了。"他对着男孩子说，眼神不带表情。

接下来的几个月，巴峰每周三天在孔向武的修车厂跟着指定的师傅学修理技术，两天偷偷跟着孔向武去图头山练发夹弯漂移（他主动要求大家不要让自己妈妈知道，以免多事），另外两天如公务员一般休息。孔向武又加了他的工资，按照修车厂一千八百元的初级工标准对待他。那个斩钉截铁金山银山也不爱的邱欣荣，每次拿到儿子工资都快活得不行，顺带对巴从云也好了些，有次还主动给他买了瓶大曲回来，没想到巴从云竟不买账，说自己只喜欢喝散装的高粱酒，闻不惯大曲的味道。

热脸贴到冷屁股上，邱欣荣也吃了一惊。在她愣怔的一瞬间，旁观的巴峰以为一场家庭大战即将开启，没想到，最后邱欣荣并不计较，说你不喝就算了，我拿去送给同事。荷包变充实的母亲，脾气与过去判若两人。

休息的时候，巴峰所有时间都用来查询或者跟聂振一起讨论漂移驾驶技术。有个问号一直放在他心里，陪伴着这些专业问题。有天晚上喝了两瓶啤酒，他的心有点松懈了，就问聂振，问他觉得孔向武为什么要花那么大的力气承包一座山来陪他这个菜鸟玩漂移，是不是想把他培养成赛车运动员？是不是孔叔以后想自己组建一个车队？聂振听了有点吃惊，顿了半晌才说："巴峰，我没想过。不过我觉得孔老二叔叔就是喜欢玩这个运动，跟你脾气相投，不见得有啥子实际目的。"这样一说，巴峰倒脸红了。凡事问个为什么，并且笃信天上不会掉馅饼，一直是他妈妈邱欣荣的习惯，没想到这习惯已经转移到他身上了。

两个男孩子突然意会到什么，都不再说话，闷闷喝酒。分手之前，巴峰却提出了一个大胆的建议，仔仔细细跟好友说了。那个聂振想也没想，就答应了。

十三

很久以后，孔向武也想不通巴峰为什么会做出那么怪异的举动。不仅他想不通，巴峰的父母也想不通。唯一只有聂振略知一二，或者说猜测到一二，但为了推卸责任，他打算不把那件事告诉任何人。

当时巴峰一切看起来很正常，很乖。不仅努力学习修理技术，每周两次去图头山练发夹弯漂移也进步神速。他练得很慢，也出很多错误，但看起来非常入迷。有时候，他会像睁眼瞎一般，忽视下弯道的向外倾斜的坡度，弯前不加制动力，不减速，不拉驻车制动器形成角度抵消下坡弯的惯性，以正常漂移速度杀进去，结果车却被平移出路；还有时他又过分小心，自己吓唬自己，在顶头的小坝反而怕被离心力甩出去，又大角度漂移，车辆转向过度，几乎撞到石头桩子做成的隔断上（从那里可以看到进山顶去向天堂寨的一段崖壁险路）；又有时候他下手过狠，滥用驻车制动器，大角度漂移竟成为原地打转，轮胎磨损严重，不得不打手机叫山下的修理工上来换胎。加速时机过于提前导致差速锁把前后轮胎锁死、漂移动作放不开导致前轮转向大而车身转向不足令发动机使不出劲、弯前制动不充分企图直接拧车身导致车尾撞到路边反复修理等毛病，更是常犯。

终于，他明白了，自己不是电影《头文字 D》里面周杰伦演的那个漂移天才，只是比聂振这些普通孩子稍微强些而已。

之前巴峰也常在吃麻辣烫时跟聂振一起谈舒马赫、哈基宁、曼塞尔、塞纳、普罗斯特这些世界神级赛车手的名字，渐渐地，他们不谈了，不知为什么，只偶尔谈达喀尔拉力赛中被撞死的非洲妇女和儿童，有时又遥想在沙漠中狂奔的摩托车和汽车的样子。

话语如即将熄灭的柴火堆中的火星，有时耀眼几下，甚至闪出火苗，但最后还是渐次熄灭，归于黑暗，只剩下咀嚼与吞咽。

有个晚上，已经是夏天开头了，距离巴峰第一次摸卡丁车刚好一年左右，也不是周末休息，巴峰突头突脑打电话给聂振，约他出来吃麻辣烫。聂振有点疑惑，但也如约而来。大多数时候，甚至可以说百分之九十以上，都是聂振请巴峰吃麻辣烫，无缘由地，也许只是想有个人陪着聊天。巴峰也请过聂振几次，但都是有实在由头的，比如生日或者加薪什么的，像这样兴之所至地请客，倒不像一直节俭的巴峰的风格。来了后，俩人也没说别的，不知是谁先提起，就一直在说小白。小白的成绩啊，小白的性格啊，小白的妈妈在做啥啊，小白初中时被谁欺负过啊……到了最后，两瓶啤酒喝完，两个人竟轻声谈起了小白的乳房，顺便还把世界上所有妇女的乳房按照形状分门别类谈了一遍，谈到最后，两个小伙子都觉得浑身燥热得很。

那个时候聂振就悄悄跟巴峰说，城边上有个旅馆，老板在公安局有关系，安全得很，价格也公道，连住房费一共才两百元，还可以两人一起上。巴峰没听懂，聂振就凑到他耳边说了半天，巴峰终于懂了，好朋友是要带他去嫖娼的意思。他连连摇头，吓得四处乱看，好像邱欣荣就站在后边似的。

聂振就拍他说："怕什么怕，你以为男人真的不需要女人呀，连孔老二叔叔都有个烫着大波浪的省城女友，经常来鹅县看他呢。"巴峰惊讶地抬起了头。

巴峰这个神色被聂振记了很久，也是他记得巴峰最后一面的样子。当天晚上分手，已经接近十一点，两个人摇摇摆摆走到护城河边扬手做了拜拜，看不出有什么不妥，没想到第二天下午五点过，邱欣荣竟然堵在十中门口等聂振，聂振才知昨夜巴峰是专程来跟他告别的。做母亲的哭得眼泪"哗哗"的，泣不成声，说巴峰离家出走了。邱欣荣晓得聂振这一年跟巴峰走得最近，所以想来探问，儿子究竟为啥要出走，是去北京，还是深圳，到底要去干什么。聂振没法提供答案，只是感觉很诧异，也很失落，好像失恋了，被抛弃了。

男孩子闷闷走开，以为自己以后会像巴峰那样不爱说话了。邱欣荣并没告诉聂振，巴峰其实留下了一封信。信是这样写的——

妈妈，我想离开家，离开鹅县，离开你们所有人。我不是永远离开，我还会回来给你养老的。妈妈你不要着急，就当我出国留学去了吧。我什么时候回来不确定。至于什么原因，我不想说，你们也不要乱猜。总之，我很讨厌你们吵架，也讨厌你们不吵架。还有，妈妈做的饭很难吃。爸爸的衣服总是散发一股怪味。就这些了。祝好。巴峰。

那个时候，巴峰正带着平日里零星省下的七百五十六元零两毛，站在行进中的列车过道尽头。他看着窗外，想起自己留下那封信之前，还写了另外一封信——

妈妈，我想出去看看，哪里有人能帮我去达喀尔。

他写了又撕了，因为他并不确定自己真的是为了某种看起来很高远的事情，也就是老师们所谓的理想出走的。也许他只是去省城混混，做做保安或者销售员什么的，顺便搞个初恋……谁知道呢？但两封信，他都忘记了写“爸爸”，而另外一个男性长辈孔向武，他更是没有知会一声就走了。对于父亲，他是无意遗忘的。对于孔向武，他是故意搬开的，犹如搬开头上的一块石头。

他有时挺恨母亲抹六神花露水的，那气味真难闻，但他信里忘记说了。

列车“哐扯哐扯”地前进着，到了下一站，有群人下车，他弄到了一个临窗的座位。他们早已驶离鹅县所在的丘陵地带，进入了低缓广阔的平原，从未出过远门的男孩子感到一种新奇。他死死盯着外面，贪婪地看着滩涂、奶牛、水杉、河流之类，后来，他被叫卖矿泉水的声音惊醒回到车厢，再转头一看出去时，却再也进入不了美景，倒想起天堂寨的一切来。

那次偷偷进入天堂寨，他和聂振整整策划了一个多星期。如何不让孔向武知道，如何攀着旁边崖壁上的藤蔓越过那些石桩隔断，如何选择防身武器和防蚊虫毒蛇叮咬的药水。在商量的过程中，巴峰也鼓起勇气建议把小白和她的闺蜜们一起叫去探险，但一来二去的，两人反复琢磨后又放弃了，原因不明，只是一种直觉。巴峰甚至感觉小白已经不记得他这个人了。

事情就这样在想象推理中先黄了，两个人整理好背包，在某个孔向武没来练车的下午，把车停在接近图头山顶几十米那个小坝上，相互支持攀过藤蔓，越过石桩，穿过崖壁绝路进到山顶，按照之前仔细查阅过的县志资料，沿着一条荒僻的小路，向前走了大约两里，就来到了天堂寨。

那时候已经接近黄昏，却没有炊烟和归鸟，村里的房屋完整地矗立在那里，却长满了青苔，破败无比。仿佛隔水炖煮的珍品食材，形状完好但内里不堪一击。好些房子大门都没关，但他们不敢进去。有个人家敞开的大门甚至暴露出堂屋正中摆着一把太师椅。站在寨里的石板路上，巴峰突然后悔得要死，原来，他竟然忘记问母亲，自己的家在哪一栋，以至于他距离自己的外公和舅舅那么近了，却死活找不到他们。

聂振却没这种难受，他充满新奇地四处查看，呼唤着，不知怎么就把巴峰带到了村外的小天池边。小天池已经看不见水，密密麻麻的浮萍盖在上面，特别绿，特别密。那个时候巴峰的心就有点打战了，他分明看见从山顶到寨里，一路走来，植物都半衰半败，完全没有这么肥厚、这么绿的颜色。

因为太有生机，简直跟假的一样。

突然一阵风吹来，周围黄黄红红的树叶瞬间簌簌落了一地。巴峰便尖叫了一声，什么都没说，抓了聂振的手就往回跑。聂振也被他吓坏了，跑得比他还快。他们使劲跑啊，使劲跑，疯了样往回跑，直到跑到挨着隔断石桩的地方，看见他们那辆改装大众车依然停在那里时，聂振才甩了他的手，问他看见什么了，叫那么凶。巴峰却说没看见什么。聂振就有点恼火，说啥都没看见就鸡叫鹅叫的，把他的探险计划全盘破坏了。巴峰看他生气了，就小声地请求改天再陪他去。没想到聂振摇摇头，说："再也不想去了。"那个时候巴峰突然想起，从某家大门口看见的那把摆在堂屋正中的太师椅，扶手和座板上好像没什么灰尘，深朱色的油漆发着亚光，默默闪人眼睛。他忍了忍，终究没说出来，怕自己记错或者看花眼产生了幻觉。

火车长鸣一声进入隧道，巴峰的眼前一下黑了，什么都看不见。他呆了好几分钟，什么都不想，然后，他就看见窗外慢慢亮了起来。他感觉前方有光在靠近，越来越近。

他并不知道，此时的巴家正忙作一团，天塌了似的。母亲邱欣荣百般无计，已经忘记了永不让孔向武来笑话自家低矮平房的誓言，巴巴打电话求来对方，给他看那封丢脸的出走信，哭诉请求帮忙。孔向武表现得很沉郁，一直抽着烟，很清醒地跟邱欣荣对坐饭桌两边，询问细节，抠腮思考，谈各种猜测。两人谈了半天，最后按照孔向武的主意，邱欣荣拿出手机拨打110报警，巴从云却突然从旁边插进来，趋前一步抢了妻子手机，对着孔向武唾沫四溅地吼道：“报啥子报？！巴峰又不是小娃娃。别以为我搞忘记了，你俩当年来县城时不也就这么大！你俩当时红苕屎都没屙干净，比巴峰还苕，前几个月都是我把屋里的米偷出来送给你们！你们忘了？忘记了！“

邱欣荣和孔向武一听，都吃了一惊。他们突然回过神来，再过三个月，巴峰真的就满十八岁了，真的就是个大人了。哎呀。

不是花也不是花骨朵

一

汉雅端了洁白的搪瓷缸子，刚要出门，就听见妈妈在背后说，幺儿，在外面要讲四川话哟。女孩子以为自己听错了。

过去几年，无论在家里、店里，还是学校门口，母女分手前偶尔会叮嘱些注意事项，其中一小部分，也跟口音有关。妈妈常操着武汉人说的“弯管子普通话”、四川人说的“椒盐普通话”对她说，幺儿，在外面要讲普通话哟。或者幺儿，跟同学学点武汉话嘛。这天却恰好相反，妈妈要她讲四川话。

汉雅停了脚步，回过头来，看见妈妈叠着毛巾被，又重复了一遍，幺儿，今天在外面，要记得讲四川话哟。汉雅就用标准的普通话回答她，妈妈，人家来武汉好几年了，早把四川话搞忘了。

其实女孩子根本没有忘，只是不想讲出来。永远都不想。为了这，她暗地里把小学生字典上五六千个注音硬生生背了大半下来，成了班里的语文课代表兼校广播站播音员之一。妈妈却走了过来，一边整理女儿的校服领子，一边说，回忆一下嘛幺儿，今天你在外面要是讲四川话，说不定买热干面这两块钱，巷子口的吴肥肥都不会收了。妈妈说完，又放了她领子，自顾走进厕所，“啪嗒”关上门。只几秒钟的时间，里面便传来了“吭吭哧哧”很努力的声音。做女儿的呆了呆，不敢多问大人的事，就转身出了门，买一家人过早的热干面去。

自从来大城市后，妈妈早上的每一分钟都变得很金贵，不像在家乡，睡醒的妈妈会在床上搂着她讲个故事：熊家婆、狼外婆、虎姑婆……

那时丁汉雅叫丁娜娜，是川中梨花镇某私立幼儿园的学生。

五月的早上六点，天光亮亮堂堂，楼下却没有动静，丢丢和元宝看样子还没起床，汉雅的心就落了地，一口气跑到吴肥肥摊子，贴着前面的太婆，排队等候。

吴肥肥的热干面在周围很有名，母女二人都吃上了瘾。也可能是热干面最便宜，最饱肚子，两元一碗，一人半碗，做妈妈的吃起来很安静，不会老骂物价又上涨了。因为生意好，每天来买时，总要等十几分钟。有些大人（武汉的有，外来的也有），总假装没看见汉雅，只要前面有点空隙，他们马上就挤进去，插她队，把她当空气。其实女孩子已经十二岁了，杵在那里，有质有量一大坨。连吴肥肥这个老板娘，每次也一味烫面，不站出来帮她主持公道。女孩子想，自己穿的是鲩子口小学的校服，说的是该校最标准的普通话，他们为什么还欺负我，可能是我皮肤太黑了。

这天却恰好相反，丁汉雅刚站稳，吴肥肥一下就发现了她，三年来，她第一次招呼女孩子了，而且一招呼，就一惊一乍的，恨不得全世界都能听见。她大声说，哎哟，大家让这个漂亮的川妹子先买吧，不要让她上学迟到了。

丁汉雅吓了一跳。虽是天天见上一面，她们并不认识。吴肥肥自己总在说，喜欢我吴肥肥的热干面就再来，或者，我吴肥肥的芝麻酱“听了头”（武汉话“最好”的意思），把她自己名字叼在嘴边。汉雅又没说过什么，除了普通话的“一碗”，吴肥肥怎么就知道她是四川人呢？难道她到妈妈的店子去过，跟妈妈成好朋友了，掏出了妈妈不轻易透露的最高级别隐私——她们是四川人。

妈妈为什么要隐瞒这点，把自己装成说“弯管子普通话”的黄冈人，汉川人，甚至河南人呢？因为她们居住的这个城郊结合地带，很多洗头店、洗脚店，都是四川的妹子在里面唱主角。汉雅听妈妈说，男人一进去洗头洗脚，就会变成坏人。汉雅不明白这是为什么，难道那些女孩子用了传说中的魔法药水吗？汉雅问妈妈，妈妈也不肯讲，还说关心这个事情，也会变成坏人。汉雅不敢再问了，只是上学时老绕着那些店子走，好像里面有“非典”。妈妈总说，这伙娼妇，搞得咱们四川人一点形象都没有了，钢筋做的家庭，都要被她们拆散。妈妈不要女儿暴露自己是四川人，免得别人用不怀好意的目光看她，以为她是洗头洗脚妹（据说里面也有个把像汉雅这么大的）。妈妈也不要女儿伪装成河南人，她对女儿要求更高，要她成为真正的武汉人。妈妈说，幺儿，你成绩这么好，再学点武汉话，说不定，长大了还能嫁个武汉的富翁呢。妈妈每次都说得女儿掉头就跑。

还是回头说买面的事——丁汉雅没绕着“川妹子”的事想上一圈，大家已经让开了一条道，很友善地看着她，无论男女老幼。女孩子正在迟疑，吴肥肥竟然一探身子，手臂越过铝制案板上无数调料罐子，直接从她手上抢过搪瓷缸子，然后麻利地抖进了一碗烫熟的面，又耍杂技似的，往里面飞快加油盐酱醋，比平时丰盛了许多。吴肥肥一边夸张地做着这些，一边朗声说，拿去拿去，不要钱，算我请客！喊得天上的云都能听见。

汉雅惊讶地看着手里盖满厚厚芝麻酱的热干面，忍不住想低头深深一闻。她到底控制住了自己。本想问为什么，又觉得没什么可问的。再说，这些跟她一起买了几年早点的人，虽说混了个面熟，他们的眼珠子，可从来不像今天这样，落在她身上，好像她是超级女生，万人迷。女孩子哪出得这个众，立马臊得脑袋一“嗡”，端着热干面，转身就跑了。跑了好远，汉雅还听见有人在后面说，造孽，造孽哟。

一个人腿断了，四川人和武汉人都会说造孽。一个人误以为自己是天仙，武汉人也会说造孽，但四川人只会说，哄二爷的。那背后的人说自己“造孽”，究竟是武汉或者四川的哪种意思呢——哎，是不是我的校服太大了一点，不合身。丁汉雅七七八八乱想。

女孩子一口气跑回住的地方，也就是妈妈每次交房租后偷偷骂的“无证鬼私房”前，刚要上侧面的楼梯，一楼的丢丢却突然扑了出来，一下把她按倒在地上，好像他埋伏在门后很久了。搪瓷缸子“哐当”砸在了地上，一滚老远，热干面顿时撒了一地，黄黄绿绿的，心疼死个人。元宝也及时钻了出来凑热闹，“汪汪”大叫。

汉雅还没开哭呢，丢丢妈就从他们屋里跑了出来，一把抓了丢丢，使劲打他的屁股。她边打边说，跟你说了，再不许欺负她了，你偏不听!

丢丢“哇哇”大哭，嘴张得像河马。汉雅爬了起来，拍拍白涤棉短袖，打算这次不哭了。

过去的几年，男孩子哪怕骑她头上撒尿了，房东丢丢妈也绝不会说自己儿子半句。她总是一边看着女孩子狼狈的样子大笑，一边说，汉雅，不要跟弟弟一般见识，他比你整整小四岁三个月零八天呢。

女人这天却很反常，她要儿子丢丢让着汉雅，还要拿自己的豆皮赔女孩子的热干面。

直到晚上十一点过，妈妈回来，丁汉雅才完全确定，头天下午，也就是 5 月 12 日，她老家四川一个叫汶川的地方，发生了很厉害的地震。汉雅就想，难道吴肥肥、丢丢妈她们对我奇怪地客气，是因为这个？想完，女孩子就很气恼，觉得真是见鬼，又不是自己被地震了，那些人，客气个什么。妈妈头天晚上半夜才回来，没有推醒她说这个事。哦，对了，今天早上她叫自己说四川话，还说可以免费得到热干面，难道是因为地震？汉雅想到脸都红了。

其实上午第二节课间，她已经隐约听老师们在楼道里说了。有个老师还在抹眼泪，说她弟弟是空降兵，签生死状了。老师说完还说是军事机密，叫另外的人不要说出去。汉雅从他们旁边走过，觉得这个地震，这个军事机密什么的，好像离她很遥远，是另外一个世界的事情，是很小的事情。

窗帘外面被房地产公司圈了的荒地，已经很安静了，远远有虫鸣声传来，妈妈正式宣布完这个消息后，又凑到床边，对睡眼蒙眬的汉雅说，幺儿，我跟你外公外婆打电话了，他们幸好离汶川有几百里，跟我们这里一样，只是杯子里的水荡了几下，不看电视还不知道是地震了呢。这时女孩子才想起来，头天下午在学校，她的椅子的确也晃了几下，当时正是自习课，有同学喊，是不是地震了，班长就说是附近工地在打桩。他还说他们家旁边工地打桩时，弄得他像在大海上漂流一样。大家都笑了起来。

回头看妈妈，她正转身找了遥控，要去开电视机。这是她第一次在半夜三更看电视，过去她一回来就说累死了，说只想快点洗了睡。

妈妈寻找着频道，小心调低声音，一坐定，却突然又回过头来，冷不丁问女儿，哎，汉雅，你怎么没有反应，冷血动物一样，四川都发生地震了，你，你就没有什么感觉吗？

这声音在安静的子时，有些飘忽。

汉雅在枕头上轻飘飘地摇了摇头，说，妈妈，现在一打开电视，就会有飞机掉下来，还会有人把刀子插进别人的身体，我能有什么感觉？我要抓紧时间睡觉，明天还有英语单元测验。老师说要是没考过九十分，就要站办公室。

话还没含混说完，汉雅就已经扯开小鼾，进入了梦乡。

二

完全不想关注地震的丁汉雅，几天后却被地震关注上了。

首先是那个讨厌的丢丢，老埋伏在门背后等她，一看见她回家，就饿狗子一样扑上来，“哐当”一下，把女孩子按倒在门前水泥地上，气咻咻喊，灾民！灾民！像在喊还钱偿命一样，很愤怒。他一喊完，元宝就会冲出来，用“汪汪”的叫声，重复小主人的意思。

接下来当然是丢丢妈冲出来，从汉雅身上扯开自己儿子，一边打他屁股，一边把他拖回去。丢丢妈还是那句话，小祖宗哟，叫你不要再弄她了！

她拖了儿子，临进门前，还故意回过头，对正从地上爬起来的女孩子扯开一个讨好的笑，牙齿白森森的。

实际上，过去的几年，丢丢总三不五时躲在门后袭击她，同时还学着汉雅妈妈的口气，咬牙切齿喊女孩子妖（幺）儿，或者妖怪儿。元宝也总是配合着，冲出来，大声吠叫，做出准备要袭击她的样子。这两样“东西”，几乎是女孩子来武汉三四年最大的噩梦。汉雅曾经恳求妈妈，不要再租丢丢的房子了，妈妈却说，两百块钱，在武汉只能住草棚子，好歹人家还是楼房嘛。妈妈说完又补充一句，再说，丢丢从来没有真正把你打伤过，元宝也没咬过你，人家不过是扑腾几下，闹着玩。幺儿，不要太娇气了，要清楚自己是谁。丢丢妈也多次看着女孩子的狼狈，大笑着说，汉雅，我儿子是喜欢你呢。

丢丢妈很白很胖，一副富态样子，喜欢挽了发髻，穿汉正街淘来的镶着假皮草或者假钻石的衣服。儿子却跟妈妈正好相反，很黑，很壮，蛮子一样，随便穿什么，都衬得脸像没洗干净似的。丢丢妈说，丢丢像他做船员的爸爸，肤色很健康。丢丢爸爸一年难得回来几次，丢丢妈无事可做，主要就是带儿子，打麻将，用各种方法逼老公多寄钱回来，或者多把自己送回来。除此之外，刚好四十岁，跟汉雅妈同龄的丢丢妈，精力依然使用不完，顺带就养了条叫元宝的土黄狗，还把二楼和三楼的房子租了出去，给自己生了些财，也生了些事。汉雅母女住二楼，三楼是周末才来过夜的大学生情侣，丢丢母子二人，则住在一楼。

三四年过去了，丢丢扑倒汉雅的次数，已经数不清了，两个做母亲的，却异口同声认为，这没有什么，只是小孩子的游戏。丁汉雅于是非常非常恼火。四年级的时候，她甚至多次幻想藏一把弹簧刀在手里，丢丢一压上来，那把刀就暗地里捅进了他的肚子。压得越狠，捅得越深。男孩子惊讶地，无比后悔地，近距离看了她一眼，来不及道歉，就去了西方极乐世界（像通常电视剧里看见的那样）。

——她当然不能。她是班里的语文课代表，在校广播站通知全校开大会的时候，比美国总统还骄傲。她小小年纪，心里也有很多人生规划，要把日子往上进的地方过，不能栽在黑蛮子丢丢身上。

那个叫丢丢的男孩子，在女孩子眼里跟元宝一样，无法沟通。楼上楼下住了好久，她还是没有搞懂他。一个是他的目光很模糊，跟黑皮肤混成了一团似的，她看不见丢丢“心灵的窗户”。另外一个，是丢丢非常沉默，既不跟她玩，也不跟周围一切孩子或者幼儿园、小学的同学玩。他闷声不响的，只跟元宝玩，连马路对面富贵花园红红绿绿的公用体育器材，以及结满观赏枇杷、桃子的人工林子都看不见似的，从不过去——那里是私房区孩子向往的天堂住宅啊——两个小家伙玩成了一个整体，人狗混淆，这就非常可怕了。

丁汉雅当然没工夫来琢磨丢丢，也没有那种本事来琢磨他。她只是一想到他就极其厌恶，甚至极其恐惧。尤其是，这个事情上，她找不到大人支持她，连亲妈妈为了住二百块钱的便宜楼房，也不支持，她就更恐惧了。

她恐惧他浑身的味道，鼻涕加剩菜再加热汗等元素的混合；恐惧他突如其来，从上往下的紧紧拥抱，拥抱到窒息；更恐惧他嘴里野兽样"嘶嘶"的声音；以及，每次她大哭大叫着，彻底挣脱推开他后，那男孩子狠狠瞪着她的、不甘心的样子；也恐惧丢丢妈妈在旁边的大笑和元宝在旁边的大叫。

丢丢的确每次都没有弄伤她，只是惊吓到她，所以大人们总说，他是喜欢她。自从汉雅的胸部长出两个"小桃子"后，这个"喜欢"，就成了女孩子最最恐惧的事情了。她每次都条件反射地，在那个七八岁的男孩子扑上来的第一瞬间，紧紧护着胸口。尽管那男孩子，完全还不懂里面的卯窍，已经中年的丢丢妈，却更加大笑了。她终于看出了汉雅窘迫的中心——那两个"小桃子"的窘迫。

她就笑着，笑得更狠，笑自己可以假装继续把丁汉雅当儿童，笑二百块钱可以让孤僻的，没有父亲的儿子多一种玩法。她笑完就想，到底是个孩子，两个“小桃子”算什么呀，那其实是人世间最不金贵，最没有用的东西。

但是现在，丢丢妈突然不笑了。不仅不笑，还在儿子喊“灾民”的时候，赏了儿子一个“爆栗”，回头抛个讨好的假笑。她可是一个有大原则的人，她认为。小小的丁汉雅却搞不懂这些，她只是看着丢丢妈顺手关上的门，突然就撕了温顺变恶了，跳起脚，大声反抗着，我不是灾民！我不是！！

这是几年来她第一次露狰容，事后想起，女孩子自己都觉得奇怪。

晚上，丁汉雅刻意撑着眼皮，等到妈妈回来，把丢丢喊自己“灾民”的事情告状了，妈妈却哈哈一笑，抚了她的头说，幺儿，我们本来就是灾民嘛。我今天跟好多人都讲了，人家都很同情我们。妈妈说完，就小声哼着歌，进厕所去了。哼的是《两只蝴蝶》的调子，歌词却是即兴的，“我们是，是灾民，我们是呀，是呀是灾民。”

做女儿的一听，气得跑客厅的破沙发上坐着，鼓起眼睛要看穿厕所门似的，不去睡觉。

丢丢家的房子只怕在修的时候就考虑到了租，每层都是单独的一室一厅一厨一卫，虽然狭小，几乎裸体不装修，走的却是宾馆路线，除了共用侧面的楼梯，互不打搅，不是武汉常见的私房小三层山寨别墅格局。汉雅妈在厕所里“哗哩哗啦”捣鼓了一阵，出来一看女儿坐在对面，就抬头看了看墙上的钟，脸色红彤彤地问汉雅，幺儿，要是睡不着，就跟妈一起看看地震新闻，咋样？她说着就走了过来，口气跟小时候举着棒棒糖撩女儿时，是一样的。

汉雅一看，赶快起身逃了。她听见妈妈在后面轻笑了两声，就把沙发一占，不管汉雅了，自顾在那里找频道，调声音，像是个赶她走的计策。等到汉雅掩了卧室的门，上了床，正要合眼，却听见外间传来妈妈拼命压抑的，“嗝儿嗝儿”的抽泣声。她显然是被电视画面感动了。汉雅烦躁地扯了毛巾被，捂上了耳朵。

这些年来，汉雅妈带着女儿三级跳，从村里搬到镇上，从镇上再来到大武汉，性情也实现了三次大转变，越变越谦虚。在村里的时候，她像落难的公主，不跟一切人来往；在镇上呢，她却像隐居的罪犯，生怕别人注意到她；等到跟汉雅父亲离了婚，她带着女儿拿了赔偿，一鼓作气奔到大武汉，她又像热心为所有人服务的公仆，逢人未语先露笑，点头哈腰捡废纸（谁丢的都应该她来捡似的）。这可能跟她来武汉做了生意人有关。汉雅妈从汉雅爸给的五万元赡养费中，拿出三万，在附近的农贸市场门口租了个九平方米的小门面，一万交加盟费，两万开了个叫“赛麦肯”的，只有两张红色塑料条桌的美式快餐店。产品由公司配送，自己只管用公司发明的专用设备加热，一律模仿麦当劳和肯德基，连店堂布置都是它们的缩小版和水货版，所有东西价格却只有它们的三分之一左右，附近的学生和家庭主妇，都很喜欢来买这种四块钱一个的汉堡、三块钱两个的鸡翅。据说味道的确是不输麦肯。公司赚大头，汉雅妈赚小头，母女二人倒也能糊口立足了。汉雅妈总说，为了能在武汉买上一间二手房，我必须更努力。她越这样说，就变得越谦虚。看到别人牵着孩子来店里，她要逗一逗。看到别人抱着猫从门口晃过，她也要探头出去逗一逗。她真希望世界上所有看见她的人，都能对她产生好感啊。

好感就是钱。她有次一边梳头，一边对在旁边整理书包的女儿说。女儿却完全听不懂。

汉雅唯一懂得的是，妈妈的谦虚和恭敬，都是假的。因为妈妈说完好感的事，还常常会一撇嘴，说，武汉真是个粗俗的城市，贵妇都打扮得像鸡，咱们的鸡，哼，却像贵妇。

时间长了，做女儿的才晓得，妈妈这个自言自语里面的“贵妇”，指的就是丢丢妈，而“鸡”，指的就是那些洗头洗脚的川妹子。那些女孩子跟汉雅妈一样，崇尚素打扮，看起来挺像学校的女教师（也就是妈妈眼里的“顶级贵妇”）。汉雅妈四十岁了，一直酷爱牛仔裤，白 T 恤。那些玻璃门里盘腿坐在沙发上，痴望街面等客人的川妹子，就更怪了，穿的衣服跟汉雅的校服差不多，背带裙，胸前还挂着丝质黑飘带，清纯得不行，像在演青春偶像剧。

三

全国集体致默哀礼这天，丁汉雅终于在学校被弄哭了。

当时的气氛本来很肃穆，按照学校的安排，下午两点四十八分，全市车船鸣笛的时候，每个班就地起立，学生老师各自在自己位置上低头默哀。没想到，汉雅班上有个男同学在站起来的瞬间，由于用力过猛，“扑通”一声，把自己的桌子弄翻了，砸到了前面一排一个女同学的腰杆。女同学被弄得尖叫了一声，刚回头骂了句什么，后面的男同学就要去扯女同学的辫子，准备打架。整个班一齐转头看着他们两个，还没有安定下来，三分钟默哀的时间一晃就过去了。也就是说，鲩子口小学五年级三班的地震默哀礼，被彻底搅黄了。

当堂带头的班主任老师被弄得很惊愕，很尴尬，也很愤怒，总之，一切有点良知的同学，都痛苦极了。不知道为什么，大家却一齐把目光转向了丁汉雅。呆了片刻的班主任突然也回过了神来，她飞快走到那男女生跟前，两手拖了他们的胳膊说，去，跟丁汉雅同学道歉去！

丁汉雅怔了一下，然后，脸色一白，就在几十双眼睛的注视中，“哗”地坐了下来，趴到桌子上，“嘤嘤”哭了起来。教室里一时乱哄哄的，两个同学的四只脚，真的站在了汉雅眼皮子下面，摩挲着地面。女孩子继续哭着，不愿抬起头来，也听不见他们的道歉，却有老师的声音清晰响在了她的头顶。看看吧，看看，你们这两个家伙，把四川人民的感情，伤害得有多深！话音刚落，丁汉雅却突然抬起头来，带着哭腔喊了声，我不是四川人！我不是！

这一喊，把所有人都喊呆了。

放学后，丁汉雅背了书包，蔫蔫去到妈妈店里，问当天的晚饭怎么解决。母女俩每天的情况都不一样，有时生意清淡，做母亲的就关了店门回来做正规的晚餐，有时女儿一个人下点面条解决，还有时两人一起在外面买包子，或者吃卖剩的汉堡。汉雅妈也晓得，汉堡不是个好东西，女儿吵着要吃的时候，她就总是用鼓起的眼球威压她，甚至有时还告诉女儿，那些做快餐的鸡，几天就长几个月大，甚至有的专长翅膀。你想想，全是怪胎畸形，吃了会怎样？她问她。做女儿的就说，妈妈，你既然都说不好，为啥还要引得大家来买？她常常问得母亲不知道说什么好，实在下不来台时，也胡乱骂汉雅两句。这天汉雅到店里来，当然不是对母亲谋财害命的生意再次质疑，她只是觉得好孤独，好孤独，来武汉后最孤独的一次似的，明明家里有剩饭，她还是来亲近妈妈了。

看到妈妈店里的灯光在暮色中亮起，看到里面影影绰绰的几个人影了，她就有点想哭。

女孩子一跨进窄窄的店门，却看见丢丢和他妈妈一人一杯可乐，正坐在椅子上望着她笑呢。丢丢还突然冒出一句，我要吃鸡翅。他总是看着 A，说着 B，没头没脑的。汉雅妈就讨好地说，好，好，等两分钟，啊。汉雅妈说完，也不招呼汉雅，却把一包薯条从里间拿出来，打发走了最后一位顾客，才站在柜台里，对丢丢妈说，你看，四川地震后，我们坐公交车，一听是四川话，都有人让座了，你还在这个当口，涨我五十块房租，太说不过去了嘛。她笑眯眯地，略带嗔怪地说完，就走出来，把一盒炸鸡翅放到了丢丢面前。丢丢马上拿了一个啃起来，丢丢妈却假装客气地，要刚放下书包的汉雅也来一个，汉雅妈就赶快给女儿使了个眼色，不要她吃。汉雅妈说，她天天吃呢，都吃厌了。说完，女人还是转回中心思想去，逼问丢丢妈，你也涨得太不在点上了。丢丢妈的脸就红了。她想了想，就催丢丢说，快点吃，我还要去买菜呢。然后，她就下了天大决心样，抬头对汉雅妈说，唉，别人都说我是政府的廉租房了……哎哟，谁叫你们这当儿又地震了呢……算我倒霉。好了，好了，汉雅妈，看在地震的分上，这个季度，还是按两百月租算。

走！丢丢，买菜去！

丢丢妈的声音大得像在吵架。汉雅妈立马咧嘴笑了。她赶快道了谢，目送着房东母子站起身，又满意地目送他们离开，一迭声地说“走好”。

丢丢经过汉雅面前时，想用油手来抓她，被汉雅急急地躲过了。

四

接下来的日子，地震事件的报道越铺天盖地，汉雅妈就越显得奇怪。

她像头顶上长出了两根天线，随时接收一切有关地震的讯息，从电视、报纸、顾客、街坊、陌生人、丢丢妈，甚至从远在四川的亲朋好友那里，探幽入微地接收，再添油加醋地反馈给他们。

她的脸是不擦胭脂而微红的，耳朵因紧张而硬起，眼睛几乎睚眦迸裂，心跳怦怦地把关于地震的一切吸收进来，再寻找机会比手划脚甩出去。进出吐纳之间，偶尔伴随几滴眼泪。

汉雅妈为了省人工费，小店一直是一个人打理，所以循着了一四六九阴晴圆缺的生意旺衰规律，也有一些关门办私事的时间。过去这时间，她是每天尽量挤压，着钞票想，全天咬牙不关门的时候，也不在少数。自从地震后，她却变了，故意增加了买米买菜，上公共厕所，甚至去理发店剪头那些无比奢侈的活动。她总是一边关店门，一边自言自语大声说，哎哟，挣那么多钱干什么哟，说不定哪天地震一来，啥都白干了。

她这样一喧哗，往往引得隔壁卖女孩饰品的店主或者门前摆地摊投圈圈的摊主都不得不搭上白，同意她的看法，人要爱自己，不要拼命干活了。几句人生哲理往往成为一个开始，汉雅妈把卷闸门一拉，总是就近站定，谈上最新得来的地震救援进展情况，以及废墟下面，一根断手、一双眼睛之类的细节。谈得满脸绯红，满眼是泪。

汉雅妈唏嘘后，把别人也搞唏嘘后，再依次走进菜场、理发店，或者八百年不会去的五金店，甚至美容院，一边假扮顾客，东咨询，西挑拣，一边伺机寻找话头，开始谈地震的事情，然后再亮出自己的籍贯——如果对方恰好不是湖北人，无法分辨惊人相似的武汉话和四川话——自然引来惊呼或者感叹。每次下来，诚恳的交流使她都有新的收获。她像蜜蜂采蜜一样，使自己拥有的地震资讯滚雪球般越滚越大，然后又迅速提炼它们，把最有价值最精彩那一部分，重新贡献给别人，以换取自己所知的盲点。

不到几天时间，方圆一公里内大部分人都回过神来，汉雅妈是四川人，而且，是一个很热爱家乡的人。汉雅妈利用地震跟他们聊天的时候，三不五时眼角都挂着泪水。有些人甚至不加思索地帮她传播，汉雅妈在四川的亲人全军覆没了，好惨哟。

等汉雅妈再站回自己小店的临街柜台时，发现路过走过招呼她的人，简直应接不暇了。更有人顺便踅了进来，夸奖她的汉堡营养方便实惠，并不管价钱怎样，林林总总大包买了回去，做一家人的午餐或者晚餐。买卖之间，当然还是一味交流感叹地震的细节。

汉雅妈一时像个明星，引人注目了。尽管她很警惕地，随时保持了节哀顺变的表情。即使公司不得不派专人一天给她送好几次产品，她晚上数零钞的指头都有点发木了，人家也控制着自己，眉眼低调得像个新寡的妇人。

丁汉雅并不知道这些，她只是继续在抵抗老师同学们充满善意的、哀怜的眼神。尽管她已经多次解释，自己的家乡离震中很远。

女孩子一直以为，自己来武汉好多年了，自己都加入武汉的少先队了，自己应该跟大家一样了，没想到大地震一来，她才发现，原来自己完全没有融入这个城市。

这感觉让她气恼。好像有点上不挨天下不着地。上是武汉，没挨到，下这个四川，却好比梯子，被时间这种东西抽走了。很尴尬。她纠葛在里面，时时想冒出头来发表声明——我不是四川人，我都不太记得家乡的样子了。表现出来，却恰好相反，尽量避着人，怕跟人发表声明似的。即使上厕所，她也算准了上课前那两分钟，厕所里几乎没有同学的时候。

千躲万躲，却躲不过讲台上的老师。老师们常常在上课间隙，突然停下来，说丁汉雅同学，你的脸色怎么不太好，要不要去办公室休息一下。或者说，不要想太多丁汉雅同学，灾难很快就会过去的，明天一定会更美好。说得班上最没心没肺的大调皮鬼都回了头，像吊唁一样看她。丁汉雅脸色就更难看了。

晚上回到家里，做妈妈的也不放过她。半夜三更回来后，竟推了床上睡觉的女孩子说，幺儿，起来看看地震的事吧，现在是非常时期，睡那么多觉干什么？快起来，快起来，看看别人有多惨。

丁汉雅就用毛巾被捂了头说，我不看我不看，死活赖着不起来。做妈妈的就把手钻进被里，跟她的手抓扯扭打了几下，感觉抗不过她，就在床头叹了口气，说，你这个没良心的，人大了，在城市里忘本了……我，我一定要利用这个机会，好好教育一下你。

五

那一阵，汉雅深刻体会了孤独的意思。

初级的孤独，好比一个人在游泳池里游泳，身边虽没人陪伴，但游得累了，至少可以一蹬腿，一下站在池底的地砖上，把胸口以上的部位直立在水面上，放弃游泳。

更深的孤独，却是游在四顾无人的大海上，全身力气快耗尽了，也看不到一块礁石一艘过路的轮船，而能够支撑双腿的海底，更是想都不要想。它等于是不存在的。

地震前和地震后，在武汉借读的川妹子丁汉雅（尽管妈妈把她名字都改得亲近武汉了），心里的区别，可以用上面两个比喻来说明。或者至少，女孩子现在感觉自己正从游泳池游向大海。

三年级以后，为了延续小时候在家看动漫片的爱好，汉雅也学了别人样子，见缝插针地利用课间十分钟赶家庭作业，不去校园里抢乒乓球台子，或者跟班里最活跃最漂亮的几个女孩子在楼道里嬉笑打闹，吸引男生和青年男教师的目光。她都不。她只是抓紧时间完成作业，好像她是考名校的苗子。实际上除了语文好些，她别的科目一直在十几二十名徘徊。她的母亲有一天听说她在学校几乎没有课间休息，第一反应是，不要太努力了，要注意眼睛；第二反应却是，哎哟幺儿，你是不是不想跟武汉那些小妖精说话，听说现在小学生都开始比吃比穿，比谁的家里有钱，谁的爸爸官大，是不是？幺儿，你是不是怕跟人家比，所以才不交朋友，课间不休息的。

女孩子觉得妈妈说这些话的时候，多像童话里的老巫婆啊，恶毒无比。可她是她的母亲，她只能皱着眉头，借口上厕所或者买圆规之类，迅速逃离。无论在家里还是店里。她越走越远的后脑勺仿佛还能看见妈妈嚅动翻飞的嘴。那嘴唇里不甘不休地叮嘱，幺儿，要注意眼睛。幺儿，妈妈总有一天会让你过得比别人好的。

唉，如果不写作业，丁汉雅觉得，课间的时间多么漫长。她甚至希望学校取消课间休息，这样，她的生活，就会变得更加充实。而她的同桌，一个身上老有汗味的男同学，每节课都要看好几次手表，自顾自悄声向她预报。离下课还有十五分钟。离下课还有三十秒。他甚至有次预报，离下课还有四十三分钟。那是他最害怕的数学课，他一坐下就开始在心里计时了。搞得极少笑的丁汉雅那次也笑了起来，想同桌的他，也太过分了。

现在，丁汉雅延续自己的习惯，在课间做作业的时候，却常常被人打断。班干部们会关心地走过来，像她妈妈说的那样，柔声叮嘱她抬头看看校园的香樟树、樱花树，看看同学穿的绿色褂子也好，注意用眼卫生；那些不叮嘱她的同学，则三三两两站在楼道里，透过窗户看着她，低声议论着什么（她不抬头也知道）；而最没心没肺的马大哈、调皮鬼们，却往往在冲进教室的瞬间，没头没脑甩出一句——哈哈，丁汉雅，你没有家乡喽！你的老家彻底玩完喽！他们说完，就从抽屉里掏了乒乓球拍举着冲出去，快得像踩着滑轮。稍慢一点，班干部或者善良的女生们便会冲上去，围住他们，威胁要因为这句话，把他们扭送办公室。

犯众怒真是很刺激的游戏。犯众怒还能迅速逃离现场，就更刺激了。班上有几个男生几乎迷上了这个游戏。

丁汉雅在武汉训练出来的一个最大本事，就是闭目塞听。她像永远比别人反应慢一拍似的。即使面对妈妈。她后来发现，在她们村很活跃的一个小叔叔，来武汉做建筑民工后，也变得跟她一样，凡事慢一拍。人一笨，周围的一切都不跟他计较，连街上的狗都不对他“汪汪”。那小叔叔来蹭过两次汉堡后，汉雅妈就不怎么待见他了。她说，不到武汉，还不知道你小叔叔这么孬。在村里时，人家还是个风流人物，弄得好几个姑娘嚷着要为他上吊抹脖子呢，啧啧……汉雅妈都无法用语言表达自己的震惊和惋惜了。她并不知道，她的闺女在学校，也是连走路的背影都跟狗熊似的拘谨，放不开。她好像在说自己的汉雅。

女孩子收回思绪，正要进攻一个计算题，有同学却过来，说数学老师通知她去办公室。这是下午第一节课课间，汉雅想都没想，就断定了，老师是要仔细盘问，她家乡的亲人朋友，有没有任何伤亡。最近一段时间，她已经多次去办公室，对上至校长，下至自己班级或别的班级的老师解释，自己的家乡，跟武汉在一个板块上，不跟汶川在一个板块。上五年级的她，已经学会用地理知识来让大家放宽心，并且放过她。不知道为什么，有的老师，比如美术老师，问过了一次，第二次还是把她堵在厕所外面，又验证了一次。临走还说，真的吗？丁汉雅，你们家真的没有受灾吗？丁汉雅就说，真的没有，老师，您看看中国地图，四川比湖北差不多大三倍呢。对我家乡来说，就好比是在武汉听说河南发生地震了。

那就好，那就好。美术老师疑惑地进了男厕所。临进去前，再次疑惑地回头看了眼女厕所门口的女学生。但是到了下次，他在食堂仍然会端了碗过来，坐到汉雅旁边，重复问这个事情。有时把汉雅也搞得很疑惑。她甚至想，美术老师是不是想借此向我打听一下灾区的内幕消息呢，我又不是总理。

她这样想着，就愈加慢地靠近那个数学老师的邀请，心想要能挨到上课铃响就好了。她正七七八八乱打主意地走着，迎头却一下碰到了班主任老师。

班主任一看见她就说，丁汉雅，你来得正好。我想今天放学后，用半个小时开一次班会。班干部和课代表都参加。我的初步想法是，我们班在全校率先搞个赈灾捐款活动。我跟学校说了，正好你是四川人，现在连户口都还在四川，是不是就由你来牵个头。今天，我们先商量一下怎么办，下星期就行动。现在全国人民万众一心抗震救灾，跟“九・一八”一样，群情沸腾，我们也要拿出实际行动……对了，你是去办公室找我吗？

丁汉雅就忙不迭地点头说，是，是的老师，我，我今天拉好几次肚子了，我想请假，回去找妈妈，带我去看看。老师，医院等会就下班了。

班主任就张大了眼睛，说，哦，是不是吃了什么不干净的？快去快去，明天我再把班会情况告诉你。

六

撒谎请了病假走出校门的丁汉雅，再次有了在海上游泳的感觉。实际上，这感觉最近越来越强烈，越来越频繁。她穿过小巷，走上大街，看着两旁茂密的行道树，树后高大巍峨的房子，树下五颜六色的摊点，活灵活现的人与车，想这些实实在在的东西，一瞬之间会灰飞烟灭，打死她，她也不相信。

阳光很亮，来往汽车的挡风玻璃很晃眼睛。没通电的车灯也晃眼睛。随风微微摆动的悬铃木叶子，也有点晃眼睛似的。汉雅记起在梨花镇的时候，隔壁老婆婆总站在街沿，对大家说，叶子是你的心变现出来的，车子是你的心变现出来的，一切都是你的心变现出来的。梨花镇的人都说婆婆是疯子，学佛迷魂了，妈妈也不要汉雅亲近她（对了，那时汉雅叫娜娜）。但是汉雅一想到家乡，记得最清楚的，却是这个婆婆。比记外公外婆还清楚。

背着书包的丁汉雅突然停了下来，用右脚使劲跺了跺地，呆了呆，才继续往妈妈的店子走去。她远远看到“赛麦肯”的门面了，却又觉得有点陌生。走近了一瞧，才发觉门口多了个巨大的牌子，立在地上，几乎挡了半个店门。牌子上是几个血红的大字——赈灾义卖；下面是一行绿色小字——您每买一个汉堡，将为四川人民捐款一毛。您买得越多，捐得越多；再下面，就是黄色的“地震打折套餐”，从汉堡、鸡翅到薯条、可乐，每一样东西都做了适当的价格调整。既打折，又有捐款的荣誉吸引大家，真是好事成双，用心良苦；而最最下面，却又是红色的爆炸气团包围的几个红色大字——灾区人民谢谢您！

丁汉雅看完就懵了，想那些工商税务城管什么的，为什么不来管管。她的妈妈，一个几年没回四川的人，一个不说四川话的人，一个提起四川就骂的人，凭什么代替四川人民，大卖激素鸡肉做的汉堡。凭什么！女孩子气恼极了，又跺了下脚。

地很坚实，女孩子把自己跺疼了。

妈妈的店子是不能去了，丁汉雅转身就往家里奔去。还没到门口，却看见丢丢妈团了一群妇女，坐在门口打麻将。她们“哗哩哗啦”洗着牌，“哗哩哗啦”说着什么。不用想，现在全世界的人，都在谈地震的事。丁汉雅果断地掉了头，准备逃跑，不过，她真的不知道，该往哪里去。

武汉很大，女孩子的活动范围，却一直很小。小到就是家，学校，店子，三点一线。这可能跟妈妈的明确禁令有关。妈妈总说外面有人贩子，专拐女孩子去山区做童养媳；也可能跟她过去和妈妈逛武广，妈妈大声说这个东西好贵，那个东西好贵，一惊一乍引得一路目光落了一身有关。总之，丁汉雅脑袋里没有武汉方圆百来里的念头，就像一个中国的小孩没有想到要去美国逛逛一样。她只在一公里内打转。

无处可逃的女孩子想了想，没有办法，只好往屋子后面的小河沟走了去。

其时已是半下午，小河里的水，也跟车玻璃一样，明晃晃地花着人眼睛。岸边几棵杨柳树，顶头几挂叶子搅着水。树下的堤岸，竟像铁道两旁，用了混凝土死死封固，寸草不生。丁汉雅站在河边，一时有点痴了，想这个河水，这个自己，也是心变现出来的吗？那这个混凝土的堤岸，跟家乡绿草茵茵的，完全不一样的堤岸，为什么要变现成这个样子？是为了抵抗地震吗？

一层一层地，在思绪里深挖，简直像置身于四面都有镜子的练功房。镜子里还有，镜子里还有，以及，镜子的罗列，镜子的无限层层递进，仿佛小时候，跟伙伴半夜玩的用镜子加蜡烛对看地狱的游戏。

恍惚间，头上一阵扑棱棱的声音袭来，女孩子抬头一看，在武汉接近黄昏的天空，一群白色的鸽子无意排成了大雁的“人”字形队伍，向小河对岸飞去。鸽子展开挥舞的腋下部位，在太阳的光辉中，同样非常晃人的眼睛。

是我的鸽子。身后突然一个声音，丁汉雅吓了一跳。回头一看，是一个举着钓竿，提着笆篓的男人。

是我养在对面仓库顶上的鸽子。男人竟然说的是四川话，笑眯眯从二十米远的堤岸上走了过来。一边走，一边用钓竿拂着偶尔垂下的杨柳。丁汉雅认出来了，对方是家旁边百米左右，一个叫“晚香玉”的足疗店的老板。妈妈曾经把他指给她看过，妈妈说，这个苞谷儿，不仅开洗脚城，还丧德得很，把一个没穿衣服的疯女子，弄到晚香玉住了两天。人家的父母来领人的时候，那疯子洗得比白萝卜还干净，又弄了洗脚小姐的衣服给她穿上了，真是恶心啊。做女儿的就说，妈妈，人家不是在学雷锋，做好事吗？你为什么还要骂他？妈妈一听，就愣住了，半晌才说，我也不清楚他是不是做好事，反正周围的女人都在骂，所以我想，他可能虐待她了。丁汉雅马上就问，他是不是打她了？是不是有伤口？做妈妈的才一下回过神来，女儿其实还不能弄懂她的话。她就很烦躁地挥了挥手，说不要问了，说了你也不懂。总之……她下死命令一般，最后斩钉截铁说，幺儿，以后见了这个人，就躲远点。

这是哪一天的事了。丁汉雅想到妈妈这命令，转身就要跑。那男人便加快了步子，过来说，不要跑，你是不是四川人？是不是卖汉堡那个嫂子的姑娘？汉雅听了，还是撒腿跑，完全不理他。跑下堤岸了，才听见男人远远在后面喊，小心点，南瓜藤子割脚哟。她不理，继续在南瓜藤子里穿，又听见他喊，喂，你老家有没有伤亡？喂，你还没有问我，我们全家死光没有？

丁汉雅听了，一下就停了下来，乜斜着逐渐走近的男人，气呼呼问，死光没有？男人就笑了，说，没有，一个都没有死。

丁汉雅听了，便又转身跑了。她想这个人真的很奇怪，连眼睛都是绿的（她刚才看清楚了），皮肤比女人还白，却很厚，很凹凸不平，里面的骨头虽然看不见，不知道为什么，却总让人感到，他的骨头密度很大很大。是的，密度。女孩子用学生腔想。

那晚香玉的老板看她那样，也不挽留她了，却站在南瓜藤边，瞅着她背影，想这个小女孩子，到底跟足疗店那些姑娘不一样，身上好像一钱肥油都没有。她不是花，也不是花骨朵，眼睛都没完全长开似的，倒像武汉满街卖的莲子，青青的，小小的，下火解毒最好，抓一把，要拿到鼻孔下面，才能闻到清香。

七

当天半夜，汉雅妈一回来，一言不发，就直接冲进卧室，“啪嗒”开了灯，掀了女儿身上的毛巾被，惊醒了她，又“啪嗒”一声，关了床对面的风扇。

然后，汉雅妈在屋里找了凳子，慢慢坐下，很冷静，甚至很温和地问，丁汉雅，你拉肚子的毛病好没有？坐在床上半梦半醒的女孩子一听这话，倒彻底清醒了。只要妈妈一喊她的全名，她就知道，坏事情来了，不管妈妈把口气变得比老师更通情理，比国家领导更语重心长。何况，妈妈把电风扇都关了，五黄六月的，分明是虐待她嘛——女孩子的汗直往下滴。

没有任何狡辩的余地。汉雅想了想，就低了头，不说话。

两个人对峙了几分钟，汉雅妈到底控制不住，胸脯起伏几下，气就慢慢上来了。屋子里有了一瞬间的彻底安静，做母亲的便突然撕了温柔，喝道，说啊，说实话啊。

汉雅一听妈妈发火了，心一横，也勇敢起来，竟抬了头，直接说，妈妈，他们要开班会，要我牵头摆个箱子，给灾区募捐，他们恨不得全校都晓得我的身份，好像人家是灾区的总头子……我，我不愿意。

你就撒谎跑了？

嗯。

汉雅呀，汉雅，这是多大的荣誉啊。妈妈提高了声音，别人盼都盼不到，你却往外面推。哎，你是什么意思哟，你不是有次没选上小队长都回来哭了两天，说老师不重视你吗！

妈妈，问题是，我不是灾民的代表啊，我没有受灾啊。

小东西，你这是什么意思！你不是四川人？在这里，你就是灾民的代表。

妈妈说完，有点激动，起身走了过来，一推女儿的肩膀，更加大声地说，丁汉雅，你是不是觉得做灾民是羞耻的？你是不是忘本了？啊？老娘告诉你，现在全中国，最光荣的，就是灾民，就是四川人。你这个没良心的，我，我真想扇你。

汉雅妈越说越气，做出要打汉雅的样子。女孩子一急，一下就蹦到床下，缩到墙角，挨着只刷了层水货涂料的毛坯墙，回过头来，竟很成熟，很忧郁地说，妈妈，你怎么啦，你过去不是这样的。

做母亲的就愣了一下，脸红了红，半晌，女人收回胳膊，想了想说，是的，我过去没有发过这么大的火，是这个问题，太严重了。你晓不晓得，第一，你出生以来，第一次撒谎了，撒了谎还能心平气和睡着觉，这说明了什么？说明你开始变坏了。第二，你始终不承认自己是灾民，你忘本了。你能忘记家乡的父老乡亲，以后，就能忘记自己的亲妈。

汉雅就皱了眉头，说，不会忘记你的啦，妈妈。

汉雅妈就呵斥道，少来，小时偷针，长大偷金，儿不嫌母丑，狗不嫌家贫……

话还没吼完，门已经被拍得山响。丢丢妈在外面说，汉雅妈，你还要不要人睡觉哇，都十二点半了。你的话我都听见了，要教育孩子，日子还长嘛，我们可以共同来嘛，急个啥哟。

汉雅妈就赶快转身开了门，一连声道歉后，拉了丢丢妈到一楼，两个人不知道窸窸窣窣说了些什么，过了大半个小时，汉雅妈才走上来，对还站在墙角阴影中等待宣判的，瘦骨伶仃的汉雅说，先睡觉。

汉雅白了她一眼，“哧溜”一下钻进了毛巾被。妈妈后来上床了，她还故意翻了身，一撅屁股朝着她，继续跟大人冷战。

做妈妈的这时才发现，原来女儿性格很刚硬。过去没有矛盾冲突，倒一直没显出来。她这个女人，性子当然也是很刚硬的，不然也不会一个人带了孩子跑出来，拼命挤进大武汉。

汉雅妈就拉了灯，在黑暗中想，我还不信，老娘收服不了你。想着想着，也就睡过去了。

这以后，丁汉雅的境况发生了一些转变。

首先，班主任带着无比沉痛的表情，在第二天第一节课间走进教室，用指头敲敲女孩子桌子，把她叫到办公室，然后，让她笔直站在面前，自己却半天无话，只“哧哧”喝着茶，一边考虑着什么，一边又无比沉痛地，看了丁汉雅半天。老师一个字没有说，心理战似的，把女孩子搞得心里直发毛，屠宰场待宰的猪一样。仿佛过了一个世纪，丁汉雅才听班主任轻声说，你先回教室，我们改天再谈。汉雅赶快说声好，转身迅速走到门口，突然，她又横了心，回过身想说，老师，还是现在就批评我吧。口没来得及开，女孩子却发现，办公室别的隔板后的老师，有两三个正抬头偷看她的背影，眼神也跟她班主任一样，是无比沉痛的。

汉雅马上掉过头，“唰”地跑到楼道里，喘了几口气，看着楼下喧闹的操场，恨不得要喊出来，我犯什么错误了，为什么要用那种眼神看我！好像我跟丢丢一样，彻底丢掉了。

她到底没有喊出来。只有最调皮的学生，才具备在学校发泄几句的胆量。她当然不是。她是一直很乖的借读生。

汉雅回到教室，发现班长正跟几个同学交头接耳，说着什么。她一进来，大家都停了话，也用无比沉痛的眼神看着她，好像她是癌症晚期病人。幸好这当儿，上课铃声响了，丁汉雅刚松了口气，却又回过神来，原来这堂，正是班主任的语文课。

从那天起，班主任下了舍不着孩子打不着狼的决心，停了不少课，利用自习、作文、美术、音乐，甚至动用了几次金贵的语文课时间，发动全班，搞了多次以抗震救灾为主题的爱国主义教育。内容包括“地震使我们想到了什么”“我为四川人民献爱心”“汶川在我心中”等专题讨论，到学校会议室观看地震纪录片，写关于地震的作文，办关于地震的墙报、手抄报，朗诵每个学生写给震中小朋友的一封信等等；最后，还用一次募捐，掏空了大家的私房钱，从两百到二十元不等。这个二十元的最低额，恰好就是丁汉雅创造的，是她卖了几年废品攒的，也是她的所有财产。女孩子曾经在作文里写过，班主任还表扬过，但是，女教师接过丁汉雅的钱时，却故意拿在手上，当着全班同学的面，看了半天，像在分辨真假币。

教室里面很安静，丁汉雅被老师的看，弄得低下了头。

这天距离老师们上次用沉痛目光看她，已经一个星期了。这一个星期，女孩子回家和在学校，都变得非常沉默。她警惕的心看出来了，老师组织的一切活动，大半目的是针对她。老师想治病救人，又考虑到她是灾区来的，不好意思直接下手。

她警惕的心还看了出来，那阵妈妈和班主任，一定通了不少话，老师来妈妈店子啃了鸡翅也未可知。两个大人好像化作了一个人，晚上回来，妈妈也用沉痛的目光，默默看着她。做女儿的在妈妈眼睛里，看到了班主任。

甚至，她警惕的心还看了出来，丢丢和他的妈妈，好像跟过去也有点不一样了。丢丢站在自己母亲旁边看着汉雅放学回来，竟没有冲动地扑上来，压着她喊“灾民”。那个男孩子，生平第一次有点怯怯地看着她，眼神很探究，仿佛她是外星人；而他的母亲，竟有点讪笑的意思，好像在考虑，最终采用什么表情对待她的小房客，才是对的；连元宝都在旁边有些惶惶然，有些柔弱的安静，完全不像一只血统寻常、性情躁动的狗。

丁汉雅远远看到他们，脑壳一热，竟一转身，又跑到了后面的小河沟，一个人逡巡到了天黑，才蔫蔫回来。

黄昏的江汉平原，四处淡淡烟霾笼罩，远处的水杉，排排站立，像电视里抗震的士兵。女孩子在微凉的晚风中打了个哆嗦，发现自己竟一直蹲在堤岸上，等一个人。那个眼睛发绿，皮肤很白很厚，骨头密度很大的人。那个被妈妈和丢丢妈她们这些中年妇女看成魔鬼的人。

除了回答大人们的问题，女孩子已经一个多星期没说过啥，她的嘴都闭臭了。她好想打开嘴，问那个男人，你们家，真的没有受灾吗？她想说很多话，还想叫那个男人带她去看河对岸仓库顶上的鸽子屋。

她甚至很想念他。

八

第二个星期一晚上，妈妈比平时早回来了一点。她九点过一进门，就很兴奋地摔了个大信封在预习课文的女儿面前。

这是什么？丁汉雅还没问完，已经把里面的东西掏了出来。那是一摞厚厚的照片。

老娘这次可是花大价钱了。洗一张本来六毛，后来讲价到五毛，整整五十张，二十五块钱哟。汉雅妈说着，已经放了包包，端了凳子，过来跟女儿并肩坐在了她家多功能万用途纸板折叠桌子旁边，要两个人一起欣赏这些照片。

全是地震的！妈妈，你哪里来的？女儿看了两张，已经惊呼起来。

修电脑的人帮我在网上找的。

妈妈的话还没完，丁汉雅就已经弹跳起来，我要睡觉了，你一个人看吧。

做女儿的迅速收拾了书本，往厕所里走去。妈妈在桌子旁呆了一下，突然提高了声音说，丁汉雅，怪不得你班主任说，现在全世界，就你一个人在回避地震。我告诉你，你回避不了的……妈妈说完，也立马站了起来，追到厕所门口，女儿做出要关厕所门的样子，妈妈就一手抵了门，生气地说，小家伙，你说说，你为啥要回避？啊？是不是良心被狗吃了？是不是？如果不是这次地震，我还不知道，自己生了个冷血动物……啊，说啊，是不是怕地震把你心里肮脏的东西都震出来了……连丢丢，丢丢这样扮蛮的人，今天都把自己的储蓄罐子砸了，巴巴送了一把零钱到居委会去……你，你还不如他……

丁汉雅就在同样把着门的手上，加了把劲，说，是不是班主任教你这样说的？丢丢好，那你做丢丢的妈妈呢！女孩子说完，趁母亲不备，一下把门拉上了，还“啪”地下了门闩。

吃了闭门羹的汉雅妈真想踢破毛糙的毛玻璃梭门，她当然不能。丢丢妈就在楼下，冲上来，不晓得会索赔多少钱呢（这是整间屋子最值钱的装修了）。女人听着女儿在里面故意大声“哗哗啦啦”洗着脸，“哗哗啦啦”冲着蹲式简便马桶，间隔还有抽泣声，晓得汉雅是哭了。做母亲的张了张嘴，没有骂出来。她又想了想，心竟慢慢软了，就隔了门对里面说，幺儿，不要哭了。你是我生的，我还不了解你呀。只是你们老师最近老找我，还跟我打电话，说地震来了后，你表现很冷漠，唉，上纲上线的，说你思想里有虫子。她有次到店里找我说你的事，丢丢妈和好几个熟人都在，弄得我在大家面前特别没面子，好像我养了条蛇，养了匹狼……幺儿，这个照片，也是你们班主任要我洗的，她还要你看完后，每张都写几句感想……幺儿，你出来看看嘛，我看了都哭了……哎哟，妈妈看了，才晓得，活在这个世界上，你对妈妈有多宝贵。只要咱们在一起好好活着，比啥都好。幺儿，你要是不愿写，妈妈帮你写，你抄就行了。妈妈在县城读高中的时候，语文最好，最会写读后感了，来嘛，幺儿，妈妈等你，哈。

汉雅妈聪明地退回了破沙发，等待着女儿。果然，这样一席话出来，汉雅在厕所里也不抽泣了。女孩子在里面磨蹭着把睡觉前的洗漱弄完了，就眼睛肿肿的走了出来，样子倒有点害羞。

汉雅妈愣了一下，就扬了扬手里的照片，来，妈妈陪你看。

于是母女俩依偎在了一起，做妈妈的一边展示照片，一边解说。

看看，这是一个父亲终于找到死去的儿子了，在用半瓶矿泉水给他洗脸，他一边洗一边说，你这个死鬼，叫你不要乱跑，看，你偏要乱跑，好了呢……

妈妈，你怎么晓得他说的话?

我在网上搜到时，下面有说明……哎哟，幺儿，你也不要乱跑啊，这个男孩子，跟你年龄差不多，要是什么灾难来了，你在妈妈身边，妈妈就可以保护你了。

丁汉雅小身子震了一下，然后，点了点头。

看看，这张照片，就是一个母亲，紧紧抱着自己的女儿，不过，两个人都死了，临死，妈妈还保持着保护女儿的姿势。看看，只有母爱，才会这么伟大。

妈妈，我看不清楚。

她们身上，表面都是灰，其实，灰下面就是血。血和灰，粘在一起，形成了一个壳子，把他们的尸体都包起来了，所以你看不清。

尸体?

是呀，是死人嘛，当然就是尸体了。

妈妈，我怎么觉得，像假人。

我说了嘛，外面有壳子。对了，前面一张，你再回头看看，男孩子脸上也看不见血，血在灰下面，凝固了。

妈妈，你怎么晓得?

幺儿，这是常识啊。做妈妈的指了指天花板，说，汉雅，要是现在天花板垮下来，我们会怎样?

女儿缩了下身子，害怕地看着天花板，又看了看周围的墙壁。

说呀，快点，展开你的想象嘛。

我们……我们会成肉泥……

妈妈听了，有点意外，呆了下说，是呀，肉泥……哎，看来，照片上这些人，还算走运，到底留了个全尸。

女儿不作声了，沉吟了一下说，妈妈，我不想看了。

妈妈就停了手，想了想说，震撼了，害怕了，是不是?你班主任就是要这个效果。

妈妈，我晚上会做噩梦的。女儿说着，站了起来，退到离妈妈两米远的卧室门口，做出要进去的样子。

也倒是，晚上少看点，白天再看。这样吧，幺儿，再看两张就睡觉，好不好?

不好。女儿一个人进了卧室，赶紧往床上钻。

妈妈追了过来，五十张的任务呃，至少你眼睛过一遍，留点记忆，免得老师考你，一问三不知。

妈妈已经赶到床头，拖了女儿起来，又跟她并肩坐枕头上了。幺儿，看看也有好处，你至少会更珍惜妈妈给你的生活了。对了，你看这张，废墟中一条断腿。看看，也被灰裹了，也看不到血。不晓得它的主人是谁……哎哟，看来是孩子腿呀，虽然被灰包了，也很饱满，很有弹性，跟橡皮做的腿似的……到底是年轻呀。

汉雅妈不晓得想起了什么，还在感叹，汉雅却觉得自己的腿痛了一下，像风湿那种酸痛。

女孩子的脸有点扭曲了。

做妈妈的偷觑女儿一眼，看她表情——狼群里的羊似的——竟渐渐生出些得意来。自从去年她没本事辅导女儿的作业后，总有风筝在手里断了线的感觉，现在，在讲解照片中，这感觉竟慢慢回来了。丁汉雅又像三两岁时那样，被她的每一句话所拨动，所左右了。她又成了女儿的劈头盖脸天，女儿的左右四方地了……哈哈。

汉雅妈越讲越得意了。早晓得，这个法子能如此拉近女儿，掌控女儿，天哪，不要班主任下死命令，她自己早就掏钱洗照片了。

看哪，幺儿，这张最惨了，一块混凝土板子掀开，下面竟然有十来个小学生……哎哟，汉雅妈的眼眶潮湿了，救援的叔叔们，全都哭了……

她还没说完，丁汉雅却已经弹跳起来，一溜烟跑进了厕所，“哇哩哇啦”地吐了起来。

汉雅妈追了过去，你怎么啦？这张照片哪里脏呀？连血都看不见嘛。

女人手上，那些学生蜷缩在一起，尸体全被灰裹着，泥塑一样，但是，他们统一大小、缩成两排的小身子，可以看出他们临死前的恐惧。

他们没有像别的照片上的人一样，有反抗，有挣扎，他们很乖，他们什么都没有做。

汉雅妈又看了看，喉头都发紧了。她站在厕所门口，对已经吐完的女儿颤声说，汉雅，我看到他们，就想起了你……哦，对了，汉雅，你吐什么呀？胃凉了？

我，我想起了昨天吃的清蒸小龙虾。

汉雅妈一惊。孩子们的体态，的确像煮熟的小龙虾，蜷曲，无助，排列整齐。武汉的这个季节，小龙虾满街，是最大众化的时鲜，便宜到几块钱一斤，怪不得汉雅做了这样的联想。

哎，那就算了吧。汉雅妈也觉得，再看下去，对她自己，对女儿，甚至对照片上的死者们，都有点残酷了。她说，幺儿，你先睡，我拿下去，给丢丢和他妈妈看看。

妈妈说完，就下楼去了。女孩子在简陋空旷昏暗的租住屋里杵着，怔了半晌，然后小心地看了看四周，便刷了牙，摸到床上，努力地，睡了个半生不熟的囫囵觉。

第二天早上一起来，丁汉雅却赫然发现，那五十张照片，被母亲像摄影展一样，满满贴了一面墙。

她尖叫了起来。

九

尽管汉雅妈及时扯下了墙上的照片，尽管汉雅并没彻底看清照片的内容，尽管尖叫事件发生后，女孩子又勉强支撑着去学校听了一天的课，当天傍晚回来，她却终于扛不住了，躺床上发起烧来。

汉雅妈不得不提前关了门，回来观察伺候着她。汉雅妈的一贯作风是，不上 39 摄氏度，决不上医院。她信不过这世上每一个医生，老说医生就是抢钱的。这天汉雅只是低烧，做妈妈的就铁了心，要自己用凉毛巾、酒精和温度计，把这个病压下去。

汉雅妈问女儿是不是吹风扇伤风了，女儿说，昨天吐的时候，就有点发烧了。汉雅妈就说，看来你的病，已经潜伏几天了。说完，她暗忖女儿的话，再联系早上她的惊恐万状，想孩子恐怕是有点感冒再加吓着了，中医就爱这样分析病因。只是这祸，好歹是自己闯的，她也就明智地闭了嘴，一味把责任推给细菌、病毒什么的。

这时丢丢妈却敲了门，进来看望汉雅，手里还端着一碟泡菜，一碗小米粥，说最适合汉雅吃。汉雅妈道了谢，跟丢丢妈一起，把汉雅扶起坐了，非要没胃口的女孩子强咽点下去。两个大人的调调惊人一致：为了积蓄精力，跟病魔做斗争（她们那个年龄的人，都爱说这句）。

丁汉雅百般无赖地，强打精神将就了她们（免得招来更多的劝说），两个妈妈见她那样乖，也很欣慰，就吁了口气，放过正在艰难喝粥的汉雅，自顾自坐在床边，先聊了点毛衣的孔雀针花怎么织，然后话题一转，又说到了昨天晚上的照片上面。

丢丢妈对汉雅妈说，你看到有一张没有，一个新娘子正在拍婚纱照，突然地震了，楼垮了。幸好她拍的是外景，没有压死，不过，她在废墟中傻掉了，新郎突然就没了，压在废墟下面了，四处灰尘漫天，像夜晚一样，哎哟，简直是电影里世界末日的景象。

话还没完，汉雅那边就一下把碗掷到了墙上，“哗啦”碎了一角落。做女儿的破了胆似的，大哭大闹起来。你们这两个坏妈妈，坏女人，明明晓得我是吓病的，不但不送我去医院，现在还来吓我，你们，你们太狠了，太……

汉雅突然呕吐了起来。

丢丢妈被脏东西吓得跑到了客厅，汉雅妈却冲过来，一个劲说对不起，一个劲轻轻捶女儿的背。丁汉雅却一把推了她的手，大声叫她出去。

汉雅妈没有出去，还是坚持帮女儿捶背，同时恍然大悟，女儿真是个鬼灵精，病根早猜到，却啥都不说。汉雅妈回忆比照自己十二三岁时的心理，暗想以后可不能把女儿当孩子了。

吐了好久，黄胆水都尽了，汉雅才停了下来，轻轻呜咽着，用妈妈端进来的水漱了口，闭目躺到床上，小身子簌簌颤抖。汉雅妈看女儿这个样子，也后悔得不行。她收拾了屋子到客厅后，发现丢丢妈竟然没有走。汉雅妈就关了门，跟丢丢妈一起打开电视，故意找了个电视剧的节目，调小声音做掩护，两个人说起话来。

对不起啊，你一片好心，汉雅还把碗砸了。孩子病一次娇一分，你多担待，我明天赔你，啊。

丢丢妈就有点生气了，看你说的屁话。哎，汉雅妈，汉雅是不是真的被吓着了。

看来是。

昨天晚上，丢丢把那些照片看了好几遍，也没什么不良反应呢。

男孩子嘛，就是没心没肺……哦，不，我的意思是说，你儿子心理素质好，没啥怕的。

哪里。他有。

他也有？汉雅妈奇怪地笑了。

是啊。他三两岁时，有次过马路，亲眼看见一个人被巴士轧死了，后来就特别怕过马路了，也不坐车船，他爸爸老邀请我们去游三峡，一次也没去成，他爸爸都生气了。

是呀，好像是没看见他去对面富贵花园玩过……怪不得你一天几次，亲自去学校接送他。

是呀。丢丢妈想起什么，泪水一下就上来了。唉，可能是那次吓狠了，后来就不怎么跟人说话、跟人玩了。除了汉雅和元宝，他谁都不怎么接近。

汉雅妈一听，也有点意外，丢丢过去几年那些扑上来压倒女儿的怨恨，竟一下没有了。女人说，看来，孩子到底是孩子啊。

丢丢妈就说，现在的孩子金贵，我们那时，哪有什么怕的呀。上天揽月，下海捉鳖，是不是，书上老写这词？

汉雅妈就反驳说，哪没有怕的呀。我小时候没电影看，老看《地雷战》《地道战》，看了好几十遍，后来，只要一遇到不好的事情，就梦见被日本鬼子追，到处找地道藏呀，哎哟，梦里那个怕哟，醒来总是一身冷汗，几天不得劲。这不，前两天一笔账弄错了，以为自己多找了别人几十块钱，回来也梦见日本鬼子了。丢丢妈，我怕的，是日本鬼子呀。怕了几十年。只不过不在眼前，在梦里怕，还好。

丢丢妈听了，也恍然记起了，女人欣喜地接过来，是呀，是呀，你这一说，我也想起来了，我也怕日本鬼子，怕了好多年。只要丢丢爸爸没有按时回来，我就梦见自己被日本鬼子的刺刀开膛剖肚，像那个带路的王二小一样，挂树上了。就是白天醒着，在路上看见个麦垛，看见个井盖，我也老不由自主盘算，这里要是地道口就好了，那里要埋颗地雷就好了，日本鬼子怎样才找不到我。汉雅妈，你说对了，我们小时候，被日本鬼子吓了几多年。哦哟，那些背时的导演，该去吃屎。对了，我还记起来，第一次看完《地雷战》，我也跟汉雅一样，发了几天烧，说着胡话，大喊鬼子进村了……嗯……还真想不起是几岁的事了。

两个妈妈的手差不多都要握在一起了，悬在她们头上一辈子的恐惧，原来是一样的。她们更多了些姐妹般的气息。汉雅妈说，我现在才觉得，这次地震，可能要吓坏好多孩子了。电视、报纸、网上，还有人人嘴里，除了地震，没有别的东西，都整一个多月了，还不肯停歇。

总不是一个目的，让大家更珍惜好日子呗。丢丢妈说。

汉雅妈就开她玩笑，你怎么像政府发言人了。

正说着，里间的女孩子却从床上坐了起来，向外面微弱喊着“妈妈”。做妈妈的赶忙跑去，一推虚掩的卧室门，就听见女儿说，妈妈，我，我害怕。

十

这个惊吓加感冒的病到底斗争赢了，没被汉雅妈压服下去，第二天女儿烧到四十度后，女人不得不手忙脚乱地打了的，把她送到了最近的医院。

汉雅在医院打了三天吊针，做妈妈的放下一切，守了三天。学习，金钱和身体的损失，前所未有，汉雅妈这次却表现得比较节制，没有抱怨，反而很慈祥。

第四天后，汉雅和妈妈基本恢复了正常的生活，只不过，她去学校的样子，显得蔫蔫的。汉雅妈看着她的背影，以为是病去如抽丝的正常现象。哪晓得，丁汉雅却从此后，落下了做噩梦的习惯。她常常在半夜又翻又闹，霍然惊醒，弄得汉雅妈也不能好好睡个完整觉。

女孩子后来告诉妈妈，梦的内容，基本上都一样。天空是乌云翻卷，地上却遍是废墟和尸体。那些被灰裹着的、无数的断手断脚，交叉重叠，柴火、树枝海似的，阻挡包围着汉雅，她怎么走也走不出去。而远处的天边，却有一声声的惊雷，催促着女孩子逃命。

实际上已经逃不出去了，整个世界都是一样，没有边际。

南瓜藤子要割脚哟，南瓜藤子要割脚哟。有两次女孩子还听见了神秘的告诫，她在梦里一惊，那些断手断脚真的就把她的身体划破了，弄得她生生地痛。痛也顾不得了，只有拼命左冲右突。跑了一晚上，呼号尖叫一晚上，女孩子才突然意识到，自己原来是在梦里，除了醒过来，没有别的活路。这样，梦的后半截，她就总是半梦半醒的，要拼命从梦里逃出来。她咬自己的手，抓自己的脸，甚至抠自己的眼珠子，大喊大叫。咬了，抓了，抠了，叫了，劲使完，才发现自己无法干预梦里的任何东西，包括自己的身体。原来对于梦，自己也是对穿对过的幽灵呀。但是时间来不及了，恐惧让人一刻也不会喘息。女孩子于是对自己发起第二次攻击，所有的目的，不过是要唤醒自己。啊，她是白日梦一样地清醒啊。

每次都要挣扎很久，最后一声尖叫的尾子冲破梦了，带着她回到这个现实世界，丁汉雅才会大汗淋漓地醒来。她一张眼，总是起身摇了母亲说，我怕，我怕。

汉雅妈开始还慈祥地把孩子搂进怀里哄半天，直到汉雅迷迷糊糊再次睡着。但当她一个多星期强烈欠瞌睡后，也有点不耐烦了。她推了扑上来寻求保护的女儿说，你还要不要人活呀！你坚强点好不好？你又不是毛毛，又不是公主！

汉雅妈说完，气呼呼顾自睡了。汉雅就委屈地掉了几滴眼泪，起来开了台灯，调到最暗，一直听着母亲的鼾声，坐到了天亮。

白天来临，汉雅的胆子变大了些，不再那么心惊肉跳，但是，她的感觉却出奇敏锐起来。她常常能接收到地壳最轻微的颤动——楼上高年级学生的脚步；几百米远建筑工地的打桩；甚至，两站外轨道上火车的经过。有一次，正在上课的时候，丁汉雅突然站了起来，喊声“地震了”，就一个人“唰”地跑到了楼道上，跟全国人民批评的那个范跑跑一样，搞得一堂数学课被学生们的嘻嘻哈哈，彻底废掉了。

老师同学们后来发现，丁汉雅也不是空穴来风。当时，两辆大型的工程载重车，正悄悄经过教室窗户外面的街道。丁汉雅真的是太敏感了，男生们于是给她起了个外号——地震仪。

班主任很恼火地再次去了赛麦肯，详细投诉了丁汉雅。做妈妈的听了，恨不得秋风黑脸回来扁她一顿。真的提前关了门，回来看到正在做作业的，日渐消瘦苍白的女儿，汉雅妈的心又软了下来。很软。

做妈妈的知道孩子是受惊吓了，需要时间来恢复。她气的，是丁汉雅为什么那么脆弱。这脆弱，几乎有点毁掉她人生希望的意思了——汉雅妈一直认为，人应该像动物，神经和身体越健康，就越有竞争力。富贵命的另一种解释，就是比比谁更强悍。她甚至同意希特勒把全世界神经衰弱的人干掉的计划。

唉，女儿像个娇小姐，比城市里的孩子还不经踹。

汉雅妈望着女儿，忧心忡忡想了半天，最后决定，也许只能以毒攻毒了。她必须尽快让女儿的心智彻底强大起来。再过几天，就是暑假了，做妈妈的告诉女儿，她决定带她回去，看看外公外婆。她说，幺儿，你看我们几年都没有回去了，这次四川受了灾，再不回去，我们都说不过去了，梨花镇的人要在背后吐口水了。

丁汉雅就从多功能万用途桌子前抬起头来，吃惊地看着母亲。汉雅妈就补充了一句，我们不能做不孝顺的人，是不是？汉雅就回过了神来，微弱地说，不，我不回去。汉雅妈就上前一步，抓了她的手说，不要怕，幺儿，梨花镇一间房子都没有倒。

不，我不回去。女儿站了起来，甩了妈妈的手，又逃到了厕所里。

妈妈赶了过去，说这个暑假总是要回去的，赖不掉了。我们快去快回，好赶回来看奥运会的转播，要不没有时间了。

不，我不回去。永远都不回。

什么？你说什么！

我永远都不回去。

你永远不看外公外婆了？

叫他们来武汉。

什么！小东西，你以为你是谁？！汉雅妈声如洪钟，要两个快七十岁的人千里迢迢来看你，你是公主呀？！

我不管，反正我就是不回去。

嗨，我还真收服不了你了。

就不回，死也不回。

你，你，你要不回……好，好，现在就滚，滚，现在就滚出去，一刀两断！做妈妈的把身子侧开，指着半开的大门说，滚呀，有本事就滚！滚！

丁汉雅愣了下，看着妈妈伸在空中的食指造型，想了想，竟突然冲过去拨开它，一个人跑了出去。她“咚咚”下了楼，越跑越远。

晃动的大地。弥漫全世界的烟尘。柴火海似的断手断脚。翻江倒海的肠胃。

丁汉雅，你思想里面有虫子。丁汉雅，你忘本了。丁汉雅，你很脏很脏。丁汉雅，你就是一个地震仪。哈哈。

南瓜藤子要割脚哟。南瓜藤子要割脚哟。妈妈，妈妈，你在哪里？妈妈呀……

丁汉雅越跑越快。

其时已是晚上七八点，虽才初夏，城郊接合部的这个地带，人迹却十分稀少。汉雅妈呆了呆，一分钟，两分钟，三分钟，五分钟，仿佛无数分钟。哦，不行了，女人心里一慌，也赶紧跑下楼来。

汉雅妈后悔死了，她突然想起，最近一段时间，自己已经发现丁汉雅暗藏的刚硬了，为什么还要用话激她，还以为她是过去的乖乖女呢——地震已经改变女儿了——真是鬼迷心窍啊。

做妈妈的跑到路上，骂着自己，牛吃南瓜一样，找不到下口的方向。她总是忙着卖汉堡，完全不知道女儿放学后，最爱去什么地方，有没有朋友。她完全不知道。那个时候，外面下了点小雨，地皮湿湿的，天空最后一抹淡淡的橙紫色，刚刚被大块的蟹壳青彻底吞噬了，初升的夜幕显得氤氲神秘，更增添了汉雅妈无助的感觉。

周围没有一个人，全世界的人，都好像被埋在地底下了——这是真的。

女人一惊，一回头，却看见一个写着“晚香玉”三个字的巨大灯箱，正杵在路边，悄悄绽放。光线暧昧而又肮脏。

汉雅妈越来越恐惧了。她原地转了两圈，蓦地张大嘴，半躬下腰，声嘶力竭地，向着四面八方，大声呼喊起来。

金玫瑰

一

葛藤看见一朵金色的玫瑰。它不是金子做的，是真的玫瑰，饱满多汁，香气四溢，悄悄绽放在那里，却有锣鼓喧天的魅力。每一片花瓣似乎都隐藏着一只眼睛，目光里全是无私的爱意。她感觉温暖极了，舒服极了，浑身立马消散如风，像扑向十万亿辈子的亲人，无比信任地漫卷过去，氤氲过去，一点点把自己融入它，与金玫瑰合二为一。

二

夜真黑，让人惊恐如聆听生死裁决的肉羊。

早些日子天天见到的星星，像胆小的势利眼，不知退缩到了哪里。汽车开得很快，引擎声压住了一路的荒村野吠，仿佛是天地间唯一声音。车灯雪亮，能照见前面一段路程，但那一截明亮的后面，望过去竟是更加深的暗黑。走了一程，坐在副驾驶座的葛藤出现了幻觉，几次三番说："小心，前面好像有座山。"实际上她更担心的是汽车冲向路外，掉下悬崖。司机是个高瘦的小伙子，孤男寡女的半夜，却不怎么理她这内地来的美女，只全神贯注开着车。她尖叫虚惊几次后，司机才慢慢说："我从小就走这段路，闭着眼睛也能开。"他说的竟是跟英姐一样标准的普通话，显示着当地的开放程度。

葛藤不作声了，但一颗心依然跳不停。她怕死。她还有那么多的事情没做，那么多的心愿未了。车转过一座山后，天光突然亮了一点，远远的村镇也射来依稀的灯光，葛藤凭着肉眼，基本能够判断周围环境，见司机走得比较准确，才勉强放下心来。

走了一程，前面就是分岔口了，用相同时速前进的另一辆车在前方还没发来短信。尽管离约定的时间还差十分钟，她却不愿再等了。葛藤对司机说："我是双鱼座，喜欢靠感觉行事。走，往岔路走，绕回去再说。"司机不作声，如机器人一般听从指挥，管他星座还是什么，拿了钱，依话行事罢了，要是出了纰漏，他们会假装一无所知。干这行，装傻就是平安符。

三

在葛藤的记忆里，有个夜跟今晚一样黑。但那晚比今天多了一点温馨，因为有父亲的陪伴。

那是十年前，葛藤还在师范学院读书，有天傍晚洗澡回来，看见父亲站在女生宿舍门口，瘦弱矮小，脸色蜡黄，穿一套没有徽章、洗得发白的仿军便服。那是梨花镇老男人们喜爱的一种装扮。在镇上时，葛藤倒没有看出地摊服装有多寒酸，今天跟进出宿舍穿红着绿的女学生们一比，她的心都被伤痛了。

“你站在外面做啥子，啷个不在宿舍等我？”她责备父亲。葛志强不正面回答，却说：“快上去把桶放了下来，我们出去讲。”

她看父亲的表情，预感家里出了大事。究竟什么事，她也懒得去想，一股脑儿爬上四楼走进宿舍，却见另外五个女生全在，每人都眼睛贼亮地看着她，七嘴八舌说：“你爸爸来了，在楼下等你。”“我们叫他在宿舍等，他偏不。”葛藤说了谢谢，一边放洗漱用品，一边飞快整理衣服和头发。五月的天气，窗外眨眼就要黯淡下来的样子。几分钟后出门，她却听最刻薄的一个在身后说：“简直不敢相信这是你爸爸……你每天摆那么多瓶瓶罐罐化妆，呵呵呵。”葛藤一下明白了父亲不在宿舍等她的微妙，想回答一句什么，终于没开腔。一个宿舍六个女生中，至少有三个来自农村，她们的家人不管多么寒碜苍老，来到学校总是大大方方坐在窗户下的长桌旁，搜罗肚中笑话语无伦次说出来，试图与全宿舍女孩子打成一片。唯父亲因她过于打扮脱离群众，好像失去了这个权利——真是个奇怪的逻辑，却自然摆在那里。

其实她知道父亲有点骄傲，还带点避嫌。他是那种老古规的男人，潜意识里总觉得世界是男人的，不愿意浪费时间与女性叽里呱啦。此风在梨花镇甚深。那些天天喝茶只等儿孙干活的老农民，发起火来会站在街沿骂“婆儿客，懂啥子？”或者“头发长，见识短”之类。因为骄傲，父亲像守财奴一样，不愿意买件像样的衣服穿在身上，取悦世上任何能看见他的人。这样骄傲的父亲，却一年年一点点被一个人消耗打败，这个人就是葛藤的弟弟葛兵。

“前辈人强不如后辈人强啊。”梨花镇的老男人下象棋输给葛志强后，总会丢下这句。方圆几十里闻名的象棋王被这话寒了心，最近这些年便不怎么出来迎战了。做女儿的葛藤在跑向女生宿舍大门口的时候，已经猜到了一半。家里就三口人，父亲好端端站在那里，应该是弟弟出事了。

果不其然，父女俩花费了大力气送到部队去当兵的葛兵，竟被通知要开除。女儿陪着父亲在学校旁边的小餐馆吃完晚饭后，后者才讲出真相。这一讲葛藤便很恼火，心里找着词语，想骂人。当初葛兵参军完全不符合条件，既没高中文凭，身高也不到一米六，但若不把他塞进部队去管束熔炼，人眼见就要进监狱的样子。他在午夜的地下赌馆一言不合就揍人。鼻孔或者额头流着血的伤者常在半夜一边喊“葛叔叔”一边猛捶大门，愤怒投诉于这个被从梦中惊醒的父亲，并小心索要医药费（葛志强每次都给几块到几十块不等，葛兵每次回来都大为恼火。表面上看起来，那些年父子俩的矛盾好像就是该不该纵容那些上门索要医药费的人）。除了打架，葛兵运气也差，即便去理发店洗头，也会不小心搭讪上通缉犯，几次被跟踪埋伏的警察误以为同伙一网打尽，在看守所受一番苦才能保出来。葛志强的好邻居胖妈后来给他开了送儿当兵的良方，他才想起初中同学正好在县武装部管征兵。因为几年前这个老同学也说过类似“前辈人强不如后辈人强”的话，葛志强打死不愿去求他，却买了两瓶五粮液，叫葛藤提着去看叔叔。那叔叔一见葛藤洁白姣好的脸蛋，喜得连声答应，并当场邀请葛藤一起去参加别人的宴请。酒席上，叔叔喝多了点，竟在桌子下面用手捏了捏葛藤的屁股。葛藤忍了，不断举杯敬叔叔，提起父亲与他在学校的友情细节，试图强调辈分问题。叔叔听了，果然收敛住自己，那餐饭后也没再联络过葛藤，却真的帮葛兵所有档案连同体检一起做了假，把他弄到几百里外的炮团当了兵，还找关系让他做了汽车兵。

如此得来不易的士兵身份，却将被葛兵不请假外出十天的举动损毁。葛志强说营长已经电话通知他，即将开除葛兵军籍，遣返回家。一生不求人的葛志强在电话里百般哀求营长帮忙，不要毁掉孩子一生。营长虽一直恼火这个不好带的兵，却可怜天下父母心，支招叫家里来人找团长，最后一搏。他说夜长梦多，越快越好。葛志强放下电话就坐车赶到了几百里外的师范学院。他要求女儿再赶去几百里外的炮团时，学校去往市内那条两公里的山路上，已经没有了公交和的士。父女俩决定走夜路，连夜进城坐火车，让葛藤在第二天下午赶到部队。

父亲自然是不愿一起去出头露面的，他说他丢不起老脸。

那段路一半邻山，一半邻平原，路两边种满高大的桉树，一路上没盏灯，只有月亮。走了一半，父亲说要解手，叫女儿先走，葛藤就慢慢向前挪，黑夜里能远远听见父亲尿液淋在宽叶藤蔓上的声音。突然，前面气喘吁吁跑过来一个人，越来越近，葛藤才想起学生中流传说，这条山路上几年前曾经杀死过人。她心里一紧，正在想怎么自卫，那人却气喘吁吁地擦肩而去。月光中能窥见是个年轻男子，穿着白色紧身运动衣，裆那里特别紧，吊着一大坨，夜半练长跑。

他像是上帝故意放出来的一个奇怪的谜，不用去解开。他也许是真实的，也许是一种幻觉，但，又有什么关系呢——这是十年后葛藤在中缅边境公路上回忆起夜半跑步人的感受。

当天晚上她和父亲赶到市里的火车站，却来早了。上车是凌晨五点半，他俩十二点过就到了。自然地，他们决定在候车室坐一晚。几个小时中，身边的人慢慢被各趟列车带走，气温逐渐降低。凌晨四点左右时，候车室已经没几个人了，安静得不像在人世，能听见很远处奇怪的响声，既像虎豹狼嚎又像汽笛声声，仿佛传说中的宇宙各种碰撞炸裂大音。只穿了件衬衣的葛藤感到从未有过的冷，她转头看看父亲。葛志强穿着仿军便装，帽舌压住了眼睛，正襟危坐，跟女儿保持着距离，不知想着什么。上半夜交代完注意事项联系方式后，下半夜他一言未发。

那次公关之行并不成功。梨花镇的镇花葛藤在时尚的团长太太面前显得像只瘸抱土鸡。团长夫妻俩依偎坐在自家真皮沙发上，客气地拒绝了葛藤带来的红包（里面有两千块人民币），告诉她事情已经被师部知道，除了把无组织无纪律的葛兵送回原籍，没别的办法。

四

快到早晨的时候，葛藤绕回了先前出发的地方，一路上依旧没有前车的短信，想来是被警察拦截搜查了。果不其然，那个给英姐麻果的阿伦就是线人。幸好葛藤胆小如鼠，租用的前车与后车都没装货，不过是一次试探性的出行。英姐说，这里的人大多脚踩黑白两道，是毒贩还是做线人，取决于当天心情。这里的警察也习惯了，人人皆为嫌疑对象，处处犹如智商较量，没有人赃俱获，就算人站面前说“我是毒贩，来抓我呀”也没必要当回事。先前葛藤以为贩毒是比较隐蔽的，英姐说：“隐蔽什么呀，大多数毒贩在警察那里都挂着名字呢。他们只想抓大毒枭，要是把小毒贩抓完，没这行当了，他们就要失业。”葛藤就总结道：“简直是一场永无休止的猫捉老鼠的游戏。”

英姐说的是他们那里：缅甸村寨。寨里几乎一条龙包装经营甚至改良麻果，连几岁的孩子都会帮忙做点边角小事。葛藤的家乡梨花镇地处中华人民共和国腹地，贩毒是个大坏事，人人讳莫如深，甚至，普通老百姓根本接触不到毒品。

葛藤继续隐居在英姐家，麻果也全部交给英姐秘藏。葛藤的货不多，只有一中包，也就是道上人通用的规矩六千颗，属于一缅好货，黑道上称为“汗血宝马”那种。英姐自己当然搞不出这么纯的顶级货，是那小伙子阿伦从比较远的寨子偷偷背回来的。他批发给英姐一颗六元，英姐加两元变成八元再批发给葛藤。英姐告诉说运回内地去每颗可以卖到一百元。也就是说，葛藤四万八的成本加上一点运费，最后可以变成六十万元。她家里目前面临的一切事情都可以解决。葛藤知道这个寨子里几乎家家都藏着货，奇怪的是，住在这里非常安全，根本不会有警察来搜。好像自古以来就那么安全。

在没有想出良计离开的日子，葛藤小心地不让寨子里任何人看见自己。她偶尔在窗口眺望远处的群山，竟看出有一段走势跟家乡的倒牛坎一模一样。小时候她就是借用那个山坳口，幻想梨花镇外面的世界。没想到，山坳口外面，还是山坳口。

英姐说寨里人人都可能是卖家，但也人人都可能是警察的线人。英姐说她男人曾经也是一边卖货一边又去警察那里举报，赚两边的钱。自从男人病死后，她就告诫自己千万别做这种亏心事。之前她是男人的帮手，只在家打下手，不见上下线，并不知道一个人扛起整件事有多难。现在的她等于跟葛藤一样孤立无助，是两个新手纠合在一起合作一把。英姐一边说一边哭了起来，葛藤抚着她瘦削的肩膀，安慰了她半天。吃饭时葛藤突然又问："英姐，你真的不会举报我？"英姐说："不会。"葛藤问："你为什么对我那么好？"英姐说："不知道，总之就是不会举报你。"葛藤放心了，她在英姐眼睛里看见的还是一如既往的善意。她问她："你是不是双鱼座？"英姐愣了一下，说："我喜欢吃鱼。"

直到三天后，两个年轻女子才一起想出了办法，找了英姐在离此几十里远的镇上做茶叶生意的舅舅，说动他帮忙，把每两百颗真空包装的一小包麻果轧进普洱茶饼中，总共三十个大茶饼。舅舅也曾经贩过毒，算老将，不知为何最近几年却收手了。他为每个茶饼打上三年陈的标记，却没打自家茶铺标号，然后把每饼三十元的劣质茶提高到两百元，收了葛藤六千元。因怕寨里其他人暗中关注举报，英姐决定算好葛藤到家的时间，再叫舅舅派人去邮局把茶叶按照葛藤的地址寄过去，地址用的是别家茶铺的。英姐叫葛藤回家后安心等着，不要去取货，让邮局送上门来。万一被查了出来，双方都咬死说自己并不知道——茶叶走了几千里，中间又经过了那么多人的手，谁还负责它没被掉包呢。

临走的时候英姐泪眼婆娑，殷殷拜托葛藤好好开拓市场，记得多过来拿货。她说她男人死后，家里几乎没什么钱了，要不是葛藤和舅舅这次帮她开头，她一下也不知去哪里找靠得住的内地人来进她的货。寨里其他人的走货渠道像捂金矿一样捂着，根本不让旁人沾边。

葛藤拥抱了她瘦小紧实的肩膀，信誓旦旦说一定不辜负英姐这阵的款待，一定跟她联手干好，共创美好未来——其实她心里觉得非常对不起对方——她早已在心里决定了，只干这一次——她葛藤可不是一个提着脑袋玩的人，平日里连杀条鱼都不敢。

五

葛志强死三年了，梨花镇的胖妈还在提起他年轻时的英武。她说的那个时期，远在葛藤出世之前。胖妈认为葛志强拿着一个喇叭，飞叉叉奔跑在梨花镇的大街小巷，追赶那些疯狂逃跑的农民，然后把他们按倒在地或者双手反剪（男女不限，视其反抗程度不同而定），收缴他们偷偷到镇上卖的鸡蛋或者别的农产品，把他们定性为“投机倒把分子”，是他一生中最美的时候。葛藤每次听到，都能想象胖妈是如何倚靠在门框上，深情欣赏着这个就职于市场管理委员会的年轻男子。葛藤不知道门对门居住的胖妈为何最终没有嫁给自己父亲，却知道他死后三年的今天，胖妈依然倚在自家门框上，一边嗑着瓜子，一边看着梨花镇街上来来往往的人——好像在那里站了几十年。

父亲在的时候，葛藤每次回家，走到离家门口还有一百米时，倚在门框上的胖妈就会高声大喊：“大小姐回来了！大小姐回来了！”令她的每次回家都充满一种喜气。有段时间她回家比较多，甚至跟胖妈锣鼓喧天的报喜有关。可是，父亲死后这三年，她辞掉县城某培训机构的工作，回到镇上一边自创小学奥数培优点，一边遵循父亲的遗嘱，在弟弟没成家前照顾他的生活，胖妈竟对葛藤越来越冷淡，先假装没看见，到最后基本不理睬，再到目光寒冷。

葛藤心里明白，一切都跟葛兵有关。

葛兵被部队遣返回家时，还不到二十岁，现如今快三十了，还整天游手好闲瞎晃荡，没个正当职业。以他的关系或者技能可以找到的，都是又苦又不赚钱的事（比如在砖厂搬砖、在家具厂上油漆等），完全无法支撑他的自尊、智力以及生活方式。确切地说，葛兵就是梨花镇人所说的“街娃”，每天混在麻将桌、台球室或者茶馆酒肆，不搞过于违法的事情，却擦着黑白边边混，靠赌博为生。

葛兵每天在外的经历葛藤基本不知，只零零星星听人说他牌技甚高，台球也打得非常好。这也解释清楚了多年来他身上光鲜的穿着、一丝不乱的发型以及身边总跟着两个少年跟班的原因。那些都是需要开支的。他赌博得来的钱，甚至可能比葛藤搞奥数培优收了八十几个学生还多，后者每月除水、电、人工、房租两千多，只赚三千元左右。葛藤还听说他有时候会组团去别的镇比赛台球，有次为了赢五千元，一人对一群外乡人，打了一天一夜的车轮战，最后累得鼻血涌了出来。那五千元葛藤一分没见到，葛兵的钱只与外面的兄弟们共享。也正因为如此，他常常三五天不回家，吃住在那些人家里，也无人感觉不妥。

其实他回来也没什么吃的，葛藤在外租了个教室，分四五六年级三个班分别上课，为了省钱只雇了个清洁工，平日里上课辅导备课改作业一个人扛，也甚少有时间回家做饭。但为了葛兵能够回来那几天，葛藤却在冰箱里不断补充鸡蛋、面条、辣椒油、小葱等一切他可能用得上的食物。她还常常用新鲜猪肉和鱼肉做一种复杂的炸丸子放在那里。那是母亲在世时教她的，十分耗时，鱼肉要一点点剔掉小刺。实际上三年来，葛兵只要回来一次，那些东西都会被他的肠胃瞬间清空，像饿痨鬼转世。葛藤每次看到，都觉得自己对得起父母在天之灵了。

两姐弟其实不怎么说话的，有时在梨花镇街上对撞对过，也不看对方一眼。既无怒气也无喜色，好像十分淡然。

这种关系要追溯到童年，在工商所（也就是胖妈怀念的市场管理委员会的后身）做临时工的母亲带不了两个孩子，便选择只带葛藤，把葛兵放到远在百里之外的外婆家，直到七岁上小学才接回来。葛兵回来后一身恶习，又打架又逃学，还对老师吐口水，害得父母常被叫去陪站办公室。作为学习尖子的葛藤感到气恼，于是不怎么理他。直到她三十一岁，他二十九岁，他们之间说的话，加起来也不能写满几页纸。

父亲去世后几个月，葛兵有天突然买了双高跟鞋回来，送给葛藤。他没说什么，只默默放在葛藤床前。葛藤回家后试了试，感觉十分夹脚，就拎起鞋，推开葛兵的房门，把鞋又放在了他的床前。葛藤不知道这双鞋最后的归宿，她第二天回来就再没看见它们。只是很久以后的现在，葛兵某天突然说气话："我挣的钱脏，你不要碰。既然葛志强一碗水不端平，把房子只留给你一个人，我也就不交生活费给你了。"葛藤一听才明白是三年前那双鞋惹的祸，但已经懒得解释。做弟弟的并不知道，葛家的房子早已变成八万元，又变成了三十个茶饼屯在那里。按照协议，再过三个月，房子的买家就会无条件把姐弟俩赶出去。

六

胖妈是在某个夜晚推开教室门的。葛藤的奥数点上课时间在每周工作日三个晚上的六点到八点，以及周末的三个半天。胖妈选择了晚上来访，更显出了事情的不同寻常。

三年来，因为收养的半傻儿子在观看葛兵打麻将时喜欢把牌念出声来被葛兵扇了几次耳光后，胖妈一直没跟葛藤说话，但是那个夜晚，她穿着围腰和袖筒（几十年来，她永远用这两样东西保护自己的每件衣服），站在教室门口向讲台上的葛藤招手时，其表情竟像极了葛藤死去的父亲，有种理直气壮的威严。“来，我有话跟你讲。”胖妈命令道。葛藤吃了一惊，在学生们的注视下老实地走了出来，犹如对待葛志强一般地恭敬。那一瞬间，她终于看见了胖妈注视她父亲一辈子，终身不婚的强大爱情。父亲的一切表情，重生在了胖妈身上。

“来，到楼顶上来，我有重要事情跟你讲。”胖妈继续命令着，葛藤巴巴跟着她往上爬，来到两层楼的房顶。顶上很平，用水泥抹过，房主在上面晒着各种蔬菜干。有种红皮萝卜切出的蔬菜干犹如迷宫，葛藤每次拉扯开都看得眼晕，比奥数题还绕。她想她永远也学不会。

那天晚上，月亮很圆，是金色的，恰好戴在胖妈鬓角边，增加了她的魅力。她直杠杠对葛藤说：“妹儿，晓不晓得，梨花镇只有我肯跟你讲真话。”葛藤使劲点头：“胖妈，你有啥子尽管讲。”胖妈继续说话，但显得毫无逻辑："妹儿，你晓不晓得，你爸爸就是被葛兵气死的哟。""胖妈，我爸爸是糖尿病并发脂肪液化，又答应尝新药才死的，是医生骗他签字同意实验的。""妹儿，你爸爸虽然不是葛兵害死的，也是间接害死的。你爸爸要是不生病，又咋个会进医院，不进医院，就不会被黑心医生逮到做科学实验。""胖妈，你要跟我说啥子，尽管说。"葛藤懂她的意思了，也理解她失去心上人的痛苦了，但她不愿意继续谈下去，追究父亲去世的责任没意思。有时候她甚至觉得，离开人世是父亲的一种解脱。她懂事后眼见他的每一天，都在为葛兵的未来愁眉不展。

这个时候胖妈终于切入主题，告诉葛藤，她儿子发现葛兵在烧果子。"烧果子？"葛藤委实不懂。胖妈就左右看了看，把她拉到楼顶离进口更远的地方，压低声音把她所了解的关于麻果的知识，全部告诉了葛藤。在此之前，葛藤对这个东西完全没听说过，她接触的人，大多是学生和全县教育系统各色人等，唯一一个圈外的朋友耿强，是镇税务所的所长，也没跟她说过什么歪门邪道的事。

在胖妈的介绍中，葛藤才知道，麻果这种新型的毒品，早已慢慢渗入鹅县，属于冰毒的一种诱导性毒品。"就像吃大菜前的开胃碟。"胖妈说。

"冰毒我当然晓得，海洛因也晓得，麻果真心没听说过。"葛藤插话道。她的毒品知识全部来自书本和影视。胖妈就说："麻果听说没有冰毒狠，也没有冰毒烧钱，但我听重庆的二表姐说，要是上瘾了，以后也会死得很惨，肉都会烂完。”胖妈说到这里突然哽咽了，眼泪控制不住“哗哗”流下来。葛藤惊讶地看着她哭了一会儿，又惊讶地看她用袖筒把泪水抹了。她听见胖妈说：“你晓得的，我抱养的辉辉为了一个娼妇变傻了，咱葛家就葛兵一条根了，强哥又走了，你无论如何要保住这个人种，才对得起强哥啊。”葛藤吃惊地点点头，连忙告诉胖妈学生在下面教室等起的——不待对方答应，她转身便走了，像逃离什么灾祸——那个时候她才明白，胖妈几十年的翘首不是虚的，她在言谈中早把自己的人生与葛家紧紧搅和在了一起，都搅糊涂了。她三年没怎么理葛氏姐弟俩，却时刻在关注着他们。

葛藤的心有点乱糟糟的，下楼的时候差点踩空。

之前她只晓得胖妈没婚没工作，几乎不跟镇上是非婆们往来，爱倚着门框嗑瓜子，看来来往往的人。她主要靠出租祖上留下的两个门面过日子，中年后收养了外地弃儿辉辉。辉辉本来长得眉清目秀的，有一年却因为喜欢上了重庆的一个妹儿，被人家几番逗弄又扔掉，精神受到刺激，在县城住了一阵医院。回来后，辉辉就读不好书干不好任何事了，整天东游西荡，人畜无害地傻笑，有时也站在街沿边，自言自语，但别人跟他一对话，他也错不到天远地远去。大家搞不清楚他究竟真傻还是假傻。胖妈却不再高声说笑，不再逗过路人带着的孩子，但也没在脸上显露一点悲伤。葛藤只晓得胖妈在重庆长大，那边亲戚甚多，每年都要回去几次，倒还不知她从大城市可以学到那么多知识，连麻果都知道。

当天晚上葛兵恰好回来，在家用洗衣机轰隆隆洗自己一周积存下来的衣服，甩了水又择出条急用的内裤，用电吹风使劲吹。

葛藤趁着老旧洗衣机第二次启动的惊天声响默默走了过去，悄悄观察了葛兵一眼，便走进厨房，默默给他做了一大碗丸子面放在桌子上，然后关上卧室门，上网查询去了。

这一查，更坚定了她要如胖妈说的保住葛兵的想法。尽管她在心里“嗤”了一声，并不认为葛兵是个什么人种，也曾经听在世的父亲伤心后，几次对她说：“这个孽种死了就清净了。”

从网上的资料看，吸食麻果不仅是违法的行为，也没一个人得到善终。她把那些资料下载下来，选择打印了部分，悄悄放在了葛兵的枕头底下。

两天后，葛兵回来看到那沓资料，竟大为光火，当时就冲进葛藤的房间，指着她的鼻子破口大骂，唾沫星子一点点溅到葛藤脸上。他说她在背后调查了他，说她跟镇上的是非婆们没有两样，说以后葛藤要是敢再插手他的任何事情，他就要对她不客气了。那是葛藤生平第一次看见葛兵凶狠的一面，之前也听说他在外面用板砖伤人之类，但并未亲自见过。此时的她也被彻底激怒了，从书桌边“嚯”地站起来，冷冷说：“你想怎样不客气呢？”她做出大义凛然要跟他拼命的样子，葛兵反而愣了下，闭口不说话了。他想了想，却突然走过去，以迅雷不及掩耳之势把她的电脑扫到地上，然后像怕挨打似的，慌不择路地夺门逃跑了。实际上葛藤哪里敢打他，梨花镇的人都说他提起脑壳耍。

电脑是葛藤最值钱的财产。

七

葛兵一天以后回到了家里，笑眯眯的，嘴角还咬着一根牙签，慢慢推开葛藤的卧室门。十几年来，他都在暗地里学着某部电视剧里的上海滩黑老大，并以为没人看出来。除了嚼牙签、无缘无故冷笑、在牌桌上调动一切智力记牌外，他还爱买风衣，可惜个子太矮，稍微过膝就有沦为扫把人的感觉。正在备课的葛藤抬起头仔细看了看他，感觉弟弟的身板已经长得非常强壮。面部此起彼落长着青春痘——那本该是十几岁的少年长的。她的心里生起一种悲凉，想到葛兵要是有个女朋友或者妻子来管管就好了。那她就可以离开梨花镇，越远越好，永不回来。

葛兵慢慢走过来，喊了她一声“姐姐”。这个称呼虽不是唯一，却很稀罕，一般出现在别人转述的葛兵提起她时，当面几乎没用过。

葛藤挺直身，冷冷说：“要干啥子，想打我吗？”葛兵就笑了：

“你开国际玩笑哈，我这辈子被葛志强用菜刀比着，几次三番赶出家门，也没对他动半根指头。葛藤，我跟你说个实话，我跟街上那些流氓耍娃不一样，我有底线。”

葛藤感到非常惊奇，葛兵在梨花镇已经成为别人眼里的一害了，他还自认为不是流氓耍娃。她问他：“那你是啥子人呢？”葛兵在她面前坐了下来：“我是一个聪明人。”“嗤。”葛藤忍不住冷笑了，“我倒很想听一下，你聪明在哪里？”没想到葛兵当了真，竟一屁股坐在床边，滔滔不绝向他姐姐炫耀起了聪明。

过了好几分钟，葛藤才回过神来，葛兵向她兜售的，原来是他自己的一套关于毒品的理论。在他看来，毒品分为两种，一种是可以损害神经的，而另外一种，只能称为兴奋剂，虽然也会上瘾，但永远不会对身体造成伤害，也不会缩短寿命。他明确告诉葛藤，海洛因和冰毒属于有伤害的，而麻果只是兴奋剂。他说兴奋剂是无罪的，甚至可以治病。其实人类一直在使用兴奋剂，无论烟、酒、茶叶还是咖啡，都属于兴奋剂中的一种。

葛兵看起来做足了案头工作，或者说，怂恿他吸毒的人灌输了不少理论给他，以至于他甩出的句子中包含着什么平滑肌、多巴胺、伪麻黄碱、甲基苯丙胺等葛藤根本听不懂的专业名词，还涉及冰毒从天然提取到美国摩托帮发明人工冰毒等历史。葛藤有点听糊涂了，摆摆手说：“好了，不要说了，你的意思我明白。麻果等于妈妈过去爱吃的头痛粉，或者别个老火锅里面一定有的罂粟壳子，吃点上瘾，但不要紧，是不是？”葛兵怔了一下，然后说：“我说的就是这个意思。”葛藤就说：“那我问你，既然是个好东西，政府为啥子要禁止？”葛兵这时就笑了，站起来说：“葛藤，你忘记了，外婆生了十个娃娃，被政府授予了‘英雄母亲’的称号。妈妈当时想生第二胎，也就是我，简直差点犯法，找了好多关系才把我保下来。政府想做啥子就做啥子。”葛藤也站了起来，说：“我好歹读过大学，也晓得对于毒品，不管政府，还是全人类，从来都是坚决抵制的。”“真的吗？”葛兵笑了起来，“冰毒就是二战时期发明来止痛的，一九五七年的哈尔滨，还有名正言顺的冰毒工厂。他们宣布是毒品，就是毒品了。他们说不是毒品，就不是了。你们大学生不是最讲人权吗，我们活在世上，自己为自己烧点果子，招谁了？惹谁了？比那些贪官污吏造成的危害大吗？费那么大劲来禁毒，不如去干点对老百姓有用的事。”葛兵说完，突然掏出一沓钞票，甩在桌子上说：“最近手紧，先赔你一千。”他说完就走了，风衣角角带起一阵风。葛藤不知说什么好，其实她的电脑一点事没有，从地上捡起来，拍拍灰又运转正常了。她看着一千元，突然发现葛兵的话中有个巨大的矛盾。冰毒是毒品，麻果不是，但她经过这阵的查询学习，早已经得知麻果就是由冰毒和咖啡因等成分组成的。

她追出去，想以此质问葛兵，却早已不见他的影子。胖妈站在对门死死看着她家的门口，见葛藤出来了，就赶紧小跑，穿街过来喊住她，压低声音说：“妹儿，快想个办法哟。我看他今天回来，气色更不好了，卧蚕那里都黑漆漆的。”葛藤忙说：“我晓得我晓得，我马上就想办法。”

她准备关门的瞬间，特意看了看街上走过的人。那些人气色都很好，确实好像比刚才记忆中的葛兵气色更好。“既然他关于毒品的分类都是胡扯乱扯，说麻果没危害的事，更是不能相信。”做姐姐的想。

但她那时并没想到，她几个月后也会加入贩毒队伍。

八

说起葛藤来到中缅边境与英姐偶然相识，着实还离不开胖妈的主意。那个时候，距离胖妈点水葛兵“烧果子”一事，已经好几个月了。这几月中，葛藤对于葛兵一意孤行吸毒一事，早已不抱任何希望，连口头弱弱打听一下都不敢。只要提起“麻果”二字，或者影射麻果，都会触发他从小到大在家里小心保持着的底线：不骂人不打人。葛兵只用脸色和眼神就吓住了葛藤。做姐姐的开始明白，自己也许在跟不同的生物种类做斗争。她万分警惕起来。有时她一个人在屋里莫名其妙地走来走去，看着摸着父母留下的坛坛罐罐、老得没有了光泽的家具、挣扎着最后的生命力在工作的电视机和洗衣机，心里总问自己，是不是真的希望葛兵停止吸毒——是不是真的希望他长寿？

这样问完以后，她又感觉到非常害怕。好像一个人偶然见识到了长白山天池的水怪。

他们这个房子，是一百多平方米的平房，并不独立成座，跟半边街上的房子全部连成一条，左邻右舍共用青砖墙。葛藤零星听胖妈说，开始这是公房，后来，也就是葛藤出生不久的20世纪80年代，不知吻合了当时镇上的什么政策，葛志强东借西凑一千元，把房子买了下来，成为私产。这种新中国成立后修建的明清式川中民居没窗户，没后院，靠天井通风，靠顶上的玻璃瓦照明，按理说也值不了几万，因为最近风传好几个地区房地产商马上要进军梨花镇搞拆迁，葛家的房子坐地涨价，也能卖到七万八万的了。但那时，葛藤也没想到动房产，直到某个半夜，葛兵“扑通”一声，栽倒在自家门前。

那夜也是巧，葛藤刚刚上课回来，走到自家门前，就看见葛兵嘴里念着什么，摇摇晃晃走在前面。她刚要开口喊他，却看见他一头栽倒在地。她跑了过去，不到近前便闻到铺天盖地的酒气。一连打了几个干呕后，葛藤扶起了葛兵，使劲往家里送。没想到刚进门两步，葛兵就“哇哇”吐了起来，翻肠倒肚喷了一地。葛藤一下好像掉进了热气腾腾的大粪池，完全不知该怎么办。她的身上腿上，都被溅上了脏东西。呆了几秒后，她想也没想，就放了葛兵，冲到街对面，使劲捶起了胖妈的门。

胖妈出来的一瞬间，葛藤像等到了最可依靠的人一样，泪流满面说："胖妈。葛兵打兔儿了，好烦哦。""打兔儿"是梨花镇的土话，专指酒后乱吐。葛妈一听，马上冲了出来，边走边说："葛藤，你先在外面站起，千万不要进来。我把他安顿好了，你再进来。"胖妈急速说完后，跨进葛家去，顺手关了门，把葛藤阻隔在臭气之外。葛藤站在街沿，突然想起，即便对父母，自己也从未求助过。她感到震惊。

半个小时后胖妈再把门打开时，葛藤看见门口那里已经用水冲洗干净。她手里拎着一个垃圾袋，飞快走到十来米远的垃圾桶丢了，才返回来神秘地说："妹儿，你进去听他讲些啥子。"葛藤犹豫着，还有点不敢进去。胖妈就说："肚子都吐空了，没事的。我给他换了衣服漱了口，还灌了点温水给他喝，又在他床边放了大盆子以防万一，你进去嘛，不用管他，我看他酒已经醒了一半了，不过是在借酒装疯。"

葛兵躺在自己床上，唠唠叨叨，断断续续说了一晚上的话。那些话思路时而清晰，时而混乱，住在隔壁的葛藤听得清清楚楚，却一直没有过去问候或者帮助他。整个屋子都弥漫着酒味，葛藤一夜未睡。她的灯亮着，细细听葛兵说话。看得出来，葛兵确实有点借酒发疯，把平时难得说出来的话，都说给了葛藤听。

开始的时候，葛兵一直在骂一个名叫丹丹的女孩子。葛藤早听说，这女孩子在初中的时候，跟葛兵有过早恋，毕业后却一个人去东莞打工了。东莞的流水线是全国出了名的苦，苦到有年轻工人跳楼自杀，好吃懒做的葛兵自然是不会去的。两个小恋人分开好些年了，不明不白的，也不知道他们之间是否还有联系。没想到一周前，丹丹却突然回来了，跟葛兵一起在外面私人小旅社住了几晚后，却告诉他说自己这些年在东莞的工厂一直有男友，那个男孩子很好。丹丹说他好到能弹一手专业的吉他。

后面几句自然是隔墙偷听的葛藤刚刚才知道的。她听见他的弟弟正在用很脏的话，骂着今夜已离开梨花镇返回东莞的丹丹，骂着那个会弹吉他的不知名的男青年。他的声音很大，做姐姐的笃定左邻右舍一定能听见。她不想去干涉他，邻居眼里的葛兵本来也没啥干净好事。

“姐姐啊，姐姐啊，帮帮我啊……我要死了啊……”葛兵鬼哭狼嚎。葛藤假装没听见。葛兵呻吟完了，又开始骂丹丹。

骂了几个小时，葛兵突然在那边喊：“葛藤，我要喝水。”葛藤一听，马上去厨房倒了一杯温开水，巴巴送过去。葛兵双眼血红，浑身酒气熏人，却显得孱弱而可怜巴巴。他半坐起来接过水，却并不急着喝，压低声音对葛藤说：“姐姐，呵，帮我戒毒啊，我要去东莞打工，把那个……那个娼妇夺回来。”葛藤吃了一惊，没想到从未谋面的丹丹力量如此之大。

葛兵睡到第二天下午，终于酒醒，从此后却绝口否认自己愿意戒毒。他还是那套麻果无害，要一直坚持吸食的理论，甚至有时候还说麻果是养生之果，即便葛藤拿出他前几年的照片指出他面部迅速地瘦陷和衰老，他也挂口不承认。甚至再说下去，又开始目露凶光，威胁葛藤不要管他的事。

葛藤有天在菜市场买菜的时候，被胖妈拉到鸡鸭笼子背后说悄悄话，熏天的臭气也不觉得了，说的都是重大事情。

胖妈说："你晓不晓得哟，葛兵的量越来越大，听说一天要好几颗。你算算账，一天四五颗就算买最差的也要两百多，一个月就是六七千块钱。说不定还不止四五颗！他靠打牌哪里去赢这么多哟，梨花镇牌桌上流动的钱一个月也就一两万，要是都装他一个人荷包了，别个哪里肯干？""那他哪里来的钱？我也没给他。"葛藤说。胖妈就更神秘了，本来也没人听她俩说话，却硬是把葛藤拉到场尾空无一人的仓库边才说："我怀疑他在以贩养吸。""你说什么，什么饭？"葛藤听不懂。胖妈就细细给她解释。原来胖妈的侄儿在重庆就是缉毒警察，所以她对这行真是分外了解。胖妈说她侄儿说的，大多数"果民"都在以贩养吸。也就是说，不仅自己吸，还进货卖给下线。葛藤焦灼地说："胖妈，你不要不小心把葛兵的事情说给你侄儿听了哈，我爸走的时候，专门跟我说了，千万不要让葛兵进监牢。"胖妈一听就有点生气了："妹儿你把我当啥子人哟，侄儿就是给我坐老虎凳灌辣椒水，我也不会背叛强哥。"听她提到父亲，葛藤放下心来，于是约了时间地点，打算跟胖妈细细合计如何帮葛兵戒毒的事情。她说出葛兵喝醉了说要戒毒的事情，胖妈喜得马上就说要专门回重庆去了解，怎样戒毒。

“胖妈，问你侄儿要讲究方法，不要让他起疑心。毕竟，他是警察……”葛藤临走叮嘱。胖妈就不乐意了，说不要看低她。其实她的信息很广，在重庆有联系的同学起码几十个，还用不上侄儿。

胖妈临走还说，葛兵的动向也有人专门跟她说，但她有道德，绝不出卖是谁。葛藤并不想了解是谁，只要胖妈看在父亲份上，帮她盯着葛兵就行了。

这样，半个月后，葛藤就知道了中缅边境有个名叫阿元的戒毒名医，他不仅采用常用的鸡尾酒疗法，甚至还以毒攻毒地使用阿朴吗啡再加上他自己特制的几十种草药合剂作用于后脑，摧毁毒瘾的酶系统，十天半月就可以让人戒掉麻果，甚至冰毒，但阿元对海洛因束手无策。胖妈鹦鹉学舌地向葛藤艰难地说着重庆带回来的一切信息，据说那个阿元治好了她小学同学的女儿。药也非常贴心，制成了类似麻果的红色心形片剂，可以无色无味溶解于患者服用的任何液体中，让其在不知情的情况下，慢慢对麻果产生厌恶之情。那个同学提供了阿元的地址（他是一个不公开行医的地下医生），同时提供了一个疗程的价格，着实把葛藤吓了一跳，需要整整十万元人民币。那个时候她的存款不足三万，这才有了后来破釜沉舟瞒着葛兵，把房子卖了八万元的举动。

那个时候胖妈已经无数次向葛藤展示了葛兵不戒毒的后果——量越来越大，然后大到麻果冰毒一起服用（胖妈说所谓正宗的“果民”都是两样一起吸，据说那样效果加倍），钱越来越不够，于是铤而走险，贩的毒越来越多，超越被拘留的界限（胖妈说以贩养吸的纯粹“果民”都晓得掌握国家法律的底线，所以不染上冰毒的一般不会大量去贩），被警察抓住枪毙。胖妈最后说：“妹儿，你要跟时间赛跑啊，再不帮他戒掉，只怕你把阿元的药拿回来，他不是被毒品搞死了，就是吃花生米了。”花生米就是子弹，葛藤心里明白。她慢慢走远，边走边想着什么，胖妈却在身后补充了一句：“妹儿，你爸爸在天上看起你的。”

葛藤没有想到，她花高价请来外地赋闲的同学短期打理奥数点，又费这么大劲卖了房产找到阿元后，对方竟是个尖嘴猴腮坐地涨价的黑瘦家伙。他唾沫四溅地告诉葛藤草药涨价了，什么什么涨价了，说得乱七八糟的，女孩子也听不懂，只知道现在一个疗程也就是十天的药，至少要三十万人民币。

葛藤再也没有任何生财之法了。她在异乡一条小河边慢慢徜徉的时候，也思考过镇税务所的所长耿强，也许那是除胖妈外，这个世界上唯一愿意帮助她的人，但是欠缺的二十多万，对于葛藤是天文数字，对于耿强，依然是。何况，他的背后，还有一个那么精明、警惕，眼睛一看人就好像白炽灯泡那么亮的老婆。

她万般无奈，最后只好走进了菜市场一般简陋、喧闹、拥挤，甚至连妇女和小孩都穿梭其间、一半以上是中国人的、到处能听到普通话的一个奇怪的缅甸赌场（跟电影里的豪华赌场毫不相似），打算破釜沉舟一搏。里面的赌博产品很多，几乎囊括了她通过生活与文字知道的一切赌博产品：麻将、老虎机、牌九、梭哈、二十一点、百家乐等，还有一些就不知道名称了，简直是赌博的农村大集市。里面有不少自带现金借债给赌博人又跟着去家里收债，并顺带做赌场保安的放码人，以及交了保证金在场子里穿来穿去推销赌博产品同时给赌博者做担保的洗码人，竟几乎全是内地口音的中国人，令葛藤大为罕异。

葛藤背着卖房子的钱，在农贸市场一样的赌场里走来走去，不知道该用什么方式把它变为三十万，帮葛兵把戒毒神药买回去，让他能干干净净清清爽爽去东莞打工，把丹丹从那个会弹吉他的小伙子手中夺回来，结婚生子，告慰父母的在天之灵。她一直踅到中午，才确定玩最简单的摇骰子。那个东西简单易学，不要什么技术，全凭直觉，葛藤的直觉一向是很灵的，再说，她已经活生生看到两个缅甸妇女，以二敌几十个男女（包括小孩子），最终赢得一万元，走出了赌场。

葛藤正要往庄家台子上坐，一只瘦小的手从背后拉住了她的衣襟。葛藤回头一看，一个黑瘦矮小的缅甸装扮的妇女在人群中讨好地看着她，低声说："别去，再多都要输光。"葛藤吃了一惊，正要问什么，那妇女使了个眼色，转身走了出去。葛藤想了想，便也挤过人群，悄悄跟了出去。那些放码洗码的看到这一幕，也不在意。赌场生意一直很好，人头攒动，熙熙攘攘，他们一直都是一种愿者上钩的淡然心态，不在乎谁玩不玩。

来到赌场外面，葛藤追上去问：“大姐，你普通话这么好，是中国人？”那女子却说：“叫我英姐。我在昆明生活过一段时间，算半个中国人吧。我在那边学到不少东西。”葛藤就问她，赌场里面是不是出老千了，英姐说倒也不是，要长期经营，赌场不能干那种事。“只是赌博有个规律，唯一的赢家，只能是赌场。”英姐看起来非常和善，她一边走，一边给葛藤算了一笔细账，“假设说，有四个人，各带一万块钱去打麻将，赌场一般每六小时抽四百,四个人每天玩两个时间段，抽八百，就算四个人都不输，第五十天，四个人都会身无分文。”

葛藤是教奥数的，一下反应过来：“是呀英姐，输光是必然，并不是运气好坏，我怎么没想到呢？”英姐就说：“我们这里有个生意可以稳妥赚钱，你要是相信我，可以跟去我家，仔细了解下。不过去之前你先想想，自己是不是真的急需钱用？我在赌场观察你一上午了，看起来很急哟。”

“你观察我一上午了？”葛藤大吃一惊。英姐说：“是的，我也很想挣钱，所以跟你心灵相通。我急需跟善良老实的内地人合作。看到你后，我感觉自己一直在等的人来了。”葛藤愣了一下，想到此地的特产，马上反应过来说："英姐，你不会要我背货回内地吧？"英姐就说："你真聪明。我还没问你名字呢？"葛藤不回答她，却摆手说："我不想干。"她说完，转身就走了。

但她没有想到，一夜苦思冥想之后，自己竟然再次去到那个赌场，主动找到了英姐。英姐还在那里徘徊，东张西望寻找看上去靠得住的内地人。葛藤看到矮小的英姐在人群中茫然而可怜的样子，心里想，其实她们两个都一样的傻和笨啊，她很容易就暴露出自己带了一包钱，英姐也很轻易地暴露了毒贩身份。

"真是一对傻瓜。"葛藤笑了起来。

九

三十个茶饼的邮包葛藤没有打开，直接撕掉地址条，完整地藏在她卧室阁楼上。若被葛兵发现，她就会说准备去县城开茶叶店。实际上葛兵从小到大，还真没到她的房间翻过什么东西。甚至，葛兵连钱都没找她要过，有点井水不犯河水的味道。即使是没参军之前，完全无收入的十五到十八岁失学那三年，也没求助过家中任何人。

大家都不知他那时是怎样在外面混的。或多或少要些开支吧？

梨花镇的人都传言，赌博和吸毒的人只要急了，会举起刀子抢钱，所以大家极其鄙视赌博和吸毒的人，因为他们潜在危及了全镇安全。这样的事情葛藤确实也看见过。那少年就是跟葛兵他们一起混的，为了要钱上赌桌翻本，都举起菜刀逼到县城的姐夫甚至市里的姨父那么远的旁系去了。葛兵确实怪，从七八岁到二十七八岁，嘴里一再向家里申明：不会沾染你们的。梨花镇土话“不会找他们借钱”的意思。他说到做到，硬是无业游荡若干年，除了偶尔回家吃个饭睡个觉，基本不给家里增加经济负担。即便后来吸上了价格不菲的麻果，依然自力更生。

葛藤从英姐家回到梨花镇后，葛兵一如既往，并不关心她的来去，倒是胖妈多次跑来问阿元的药弄到没有，什么时候给葛兵吃；县城里买了葛家房子的人虽遵循着口头保密协定不来惊动葛藤，但也三天两头来电话，编着各种现编的借口要求她提前搬离，多占一天便宜早安心似的。葛藤也各编了一套谎话糊弄胖妈和买主，心里却为那三十个茶饼的出手焦灼万分。

在中缅边境的时候，她只思考如何把货弄回来，没想到回来后，却发现最难办的事情是，如何把货变成六十万元人民币。唯一可以求助的胖妈和葛兵，却都是万万不能知道这件事情的首选对象。

为了糊弄胖妈，她甚至去县城买了瓶治疗心脏病的药，撕掉标签，说是阿元的药，封住了对方整天探问的嘴。

她开始失眠，考虑如何摸清本县贩毒网络，找到可靠的出货渠道。这种事情谈何容易！本县缉毒警察花费若干年时间没做到的事情，她哪里能够短期做到。那个地下毒品网络该是比较隐秘的，不得到黑道的信任，谁敢要她的货。反过来说，她又怎敢乱联系人？别人若出卖她，分分钟她就要被判死刑。

她开始绝望，给学生们讲奥数有点逻辑混乱，遭到不少家长抱怨，晚上放学后，她不走正街回家，也不怕鬼怕人了，竟然专门从镇外的小河边绕回家，故意折磨自己的肉体和神经，以便让头脑更加清晰。她有时候甚至希望在暗夜中能遇到传说中的鬼魂，顺便把她带走算了。

在梨花镇人嘴里微妙的暗藏犯罪与恐怖的镇外深夜，却在葛藤这里变得无比静谧，安抚着她。走到一半路程的时候，会有一个小石桥，横跨在小河上，桥洞里的水，在半夜也流得“哗哗”的。现时的水脏了些了，夜风里能闻到类似硫磺的气味，不知上游那些小厂排放了什么。在葛藤小时候，这条没有名字的小河却是清澈见底，可以洗衣服的。要么蹲在河边石阶旁，把手探进下一级石阶的水里漂洗；要么干脆穿着雨靴，从石阶小心跨到桥洞下面，把床单被子等大型物件铺展在桥洞光滑平坦的石面上。那桥洞底部厚实，正好是个小型的拦河坝，造成一米多的落差。桥洞洗涤只适合水刚刚比桥洞底部高出一寸多的季节，但那些年大部分时间都是这样的水量和水质，梨花镇的妇女们等于拥有了一个天然活水洗衣场。

那些年是哪些年，葛藤当然记得，就是她的初中阶段。冬至过后，水渐寒冷，手伸进去刺骨地痛，梨花镇的妇女们鲜有再到野地里洗衣服的人了。那时还没自来水管，洗衣机派不上用场，大家都在家用挑来的井水慢慢搓，唯有葛藤还被父母派到桥洞下去洗涤。

在钻进桥洞漂洗衣物之前，十三四岁的葛藤学着梨花镇的婆儿客们，在河边的草地上摆个大大的脚盆，用肥皂一点点搓洗全家衣服（那个时候因为葛兵不听话，还未过世的母亲就已明确宣布，十一岁的他从此自己洗自己的——这个规定一直执行到今天）。有天傍晚，草地上没人搓衣服的时候，耿强恰好经过那里。那时他已经是梨花镇税务所的税管员，走街串村收各种费，看起来比葛藤要大十几岁的样子。耿强趁着无人过来跟葛藤搭讪，一边说话一边用脚踩葛藤的脚。葛藤红着脸，假装没注意，只闷头回答他的关心。

“妹儿，水啷个冷，能洗吗？”

“还好呀，开头有点刺骨，一会儿手反而变得热乎乎的。”

“叫你爸爸妈妈来洗噻。”

“他们冬天搞不得冷水，一搞浑身都痒，过敏。”

“他们富贵病还真多哈。”

耿强看起来很忙的样子，每次聊几句就走了，但每次都会把脚伸过去，轻轻踩葛藤的脚。远处观察的人是看不见这个细微举动的。几次三番后，葛藤渐渐不怕他踩了，但也一样不回应他，假装无知。后来，耿强就不踩了，但看到她在这里搓衣服，还是会过来问候两句。

这种交往的模式，延续到葛藤去上大学前。后来梨花镇有了自来水厂，小河完成了洗衣使命，也渐渐自暴自弃，往乌漆嘛黑、臭气熏天的河沟形象转，在草地搓衣桥洞漂衣的事再也看不见了。

那个时候，葛藤与已经娶妻且成为税务所长的耿强有了更深一层的交往。耿强的老婆喜欢游泳，这在梨花镇是个稀罕事，为她惹来坏名声，没女人与她同拍。葛藤大一的那个暑假，耿强老婆就上门邀请她这个在外长了见识的女大学生一起去镇外的水库边游泳（当然是背着葛志强说的）。不知道为什么，听说耿强要去辅导和保护她俩，葛藤立马就答应了。

耿强的老婆长得很漂亮，是那种热烈开放而又自信的漂亮，富有性经验的她，不会认为葛藤这种青涩洁白略显拘谨的女孩子会对男人有魅力，所以才放心邀请。三人中她泳技最好，为了葛藤的安全，她竟命令耿强一直在水库边手把手教葛藤，而她自己却总是单独畅泳到水库中央才返回。

其实那时葛藤心里清楚，那女人有种故意把耿强推到别的女人那里来显示自己对他把控之牢的癖好。在她家吃香瓜的时候，葛藤就领教过了。那女人竟然拿耿强和葛藤开不轻不重的玩笑。“你俩说啥啊，不想要我晓得就到旁边去说嘛。”她开着这些玩笑时，并不是知道了若干年前耿强爱去踩葛藤脚的事，而是变相宣布自己领土的牢固，同时也带着些微炫耀耿强性魅力的意思。总之她的心思很复杂，但很俗气，葛藤都读了出来。在后来星座流行后，她给自己的直觉找了个理由：双鱼座嘛。

耿强则一如既往假装木讷，即便当初用脚尖轻轻调戏少女时代的葛藤时，他脸上的表情也是木讷的。葛藤长大以后，在外面读书工作若干年，经历了一些情感波折后，再用女性的眼光解读耿强，知道他这种瘦筋筋的男人在床上很能折腾，这也是他青春逐渐逝去的老婆后来双眼变得越来越亮，手电筒般扫射耿强身边任何女性，令葛藤的靠近更加小心隐秘的原因。

当时的游泳，往往在太阳即将落山时，阳光很迷人，金子般碎在水面上。老婆在身边的时候，耿强会站在浅水中，面对浮在水中的葛藤的头部，指引着她，传授一些游泳秘诀。老婆游远之后，葛藤和他都会站在齐胸浅水里，担心地观察着远处那女人的安危。他站在离她一两尺的后面，双手搭在她纤细的腰上，轻柔地摩挲，好像在卡尺码，直到她浑身燥热。

游泳衣是耿强老婆去县城买回来的，男式的只是一条曲线毕露的短裤；女式的还比较保守，除了手臂和大小腿，其余地方都遮着；白色小菊花的图案，一红一绿两个底色，她穿红的，葛藤穿绿的，好像姐妹花。葛藤的阴毛执拗地从腿缝里伸出几根，她故意不去理会，有种要让耿强看见的下流欲望。但她也不敢去看耿强的裆部，以及他裸露的乳头和腰背。

她与他的关系仅止于此，也只能止于此，来去的路上都能领略到那性感的女人早已是耿强的王后。他爱老婆，且无比尊重她；但他对葛藤的欲望以及彻底良善的好感，也是真实存在的。因为有了踩脚和抚摸腰部的小秘密，葛藤感觉自己好像有权力去找他帮些不大不小的忙。果然，几次三番他都是很尽力的，自掏腰包无怨言，连极其难办的奥数培训点执照，他都无偿帮她跑了下来，且对一切人保守着秘密。

但贩毒，又不一样了，是要掉脑袋的事。一个连家庭都不愿为她舍弃的男人，是不会为她去冒大风险的。葛藤终于想清楚了他们之间的关系，从此不再把思绪往耿强身上转。

还有个渠道自然就是葛兵，而且是笃定的渠道，但她不能忘记，自己冒这么大的险，就是要把葛兵救出火坑，她可不能本末倒置。

在无比焦虑的挖空心思的一天连一天的思考（一生从未有过的归纳总结又探幽入微的思考）中，她终于发现，自己飞得再远，都必然跟葛兵是一根藤上的两个瓜，这也说明了为何她上了大学，最后在情感上的结局几乎跟葛兵一模一样。常常来沾染扫边边的人不少，动真格谈婚论嫁的话，别人把她和葛兵是联系在一起来考虑的。一听是葛兵的姐姐，那些好人家的小伙子先自摇了头，任她是个天仙也不愿意继续交往。

有个她最爱的男人，也就是夺走她贞操的那一个，来她家上门后，竟然为葛志强在夏天的家中不穿上衣赤膊袒胸一事（实际上梨花镇的老辈男人大都这样），怀疑因少年时运动过量而没有初夜出血的葛藤跟她父亲关系不清。话虽用玩笑的方式说出来的，葛藤还是替一生思想极其封建的父亲扇了那男人一个耳光，并从此落下了跟任何人相亲时，都会先夸大葛兵的邪恶，同时又急迫地试探对方打算几时结婚的毛病。那些与她第一次见面的男人被她曲里拐弯又暗藏咄咄的逼婚吓傻了，也被她上天入地的弟弟惊呆了，最后总是用不了了之来逃之夭夭。

到了今天，她终于想明白了——她就是葛兵，葛兵就是她——她和耿强的故事，就是葛兵和丹丹的故事，同时也是她三十一岁的年龄，真实经历过的三个男人的所有故事——开头结尾与本质，从未在姐弟俩的身上改变过。

十

葛兵再回来时，面部塌陷得更厉害了。葛藤看在眼里，急在心上。在她的人生经历中，曾经有两三次看出一个人生命即将流逝殆尽，但没作声。一次是读高中时听报告会，觉得主席台上的副校长有层死气笼罩，结果没几天，就听说他驾鹤西去了；还有次则更神了，只是看了张照片就觉得那人快不行了，结果又应验了。现在，她看这个葛兵，怎么也觉得不对劲，两颊越来越塌陷，几乎成了两个坑，面部和颈部一切能凸起的青筋，都浮了出来。她甚至怀疑葛兵已经染上了冰毒或者海洛因，那她就是把阿元的药买几个疗程回来也没有办法了。

一个人在家时，她开始狂吃东西，见到什么吃什么，有时实在找不出零食，她就吃点生萝卜生花生。她感觉自己的身体正在变成一个巨大的黑洞，需要吸入一切东西，才能填满虚空。有一天，她甚至想，要是有人端一盘麻果上来，她也会吃掉的。这样想完，她硬是靠毅力控制住了去阁楼砸开一个茶饼的欲望。在缅寨等候出发的日子，英姐早让她见识了烧麻果的方式。她在那边还是回来后，抵死经住了诱惑——尽管已经零星从网络或者英姐、胖妈这些人哪里知道，吸了麻果可以几天几夜不睡觉，精力旺盛且心情愉快，还有人说会看见菩萨，看见天堂，但她更记得本县的小报上曾经报道过一个女警察为了劝诫吸毒者而亲身尝试，以为自己毅力超强，随吸随戒，不小心直到现在还关在强戒所里没出来的事。

葛兵回家的次数越来越少，过去是两三天一次，现在是一个星期左右一次。他像越来越遥远的风筝，再也抓不住了。葛藤失眠已经很久，几乎从中缅边境回来就开始了。开始是翘首等包裹，后来是每天思虑下一步怎么办，却又胆小地完全不敢迈开下一步。

后半夜囫囵迷糊过去的时候，葛藤忽然看见了死去很多年的母亲。这些年来，她只在家中摆父亲的遗像，却把母亲的束之高阁。葛兵自然是无异议的，或者完全没注意细节。他有他的生活、他的世界，仿佛他的一切都不在这座房子里。梨花镇的人曾经笑话说，葛兵母子是冤孽转世。现如今的葛藤回想起来，感觉不无道理。

在选择放一个孩子出去养的时候，母亲毫不犹疑选择了葛兵，因为葛藤不爱哭，容易盘弄。在葛兵回家上小学后，母亲与他见面的每一时刻几乎都在骂他。因他对比她亲手调教出来的乖乖女葛藤，无处不是缺点。葛家因为有这一对母子的存在，十来年从未从凄风惨雨的气氛中脱离出来。有两次，母亲还用竹板把小学时的葛兵打得屁股开花，不得不离家出走。有次是在梨花镇对面的倒牛坎上的山洞里找到葛兵的，三天后弄回来还发现他头部有软软的血包（母亲从不绕开他的头部），一直沉默着不参与教训儿子的父亲第一次对妻子发了火，带着葛兵去县城医院挑掉了血包，还顺便给他买了一大包零食（他并不知道若干年后自己会继承妻子遗志，跟儿子斗争）。母亲收敛了一阵，到了葛兵初一的时候，她又开始毒打他了。那次打得他跑到了更远的地方，去到凉山阿坝深处一个修路队做童工。三个月后，因为实在忍受不了那个私人修路队的粗劣伙食、潮湿寒冷的工棚以及无比艰苦的劳动，他自己逃回了家。

等到葛兵初中毕业，决定做个街娃混日子时，母亲已经病入膏肓。葛兵从不去医院探视，而葛藤则坐在住院部的凳子上，一天天听母亲忏悔——妹儿啊，我……我其实打他十年，主要是希望他成绩跟你一般好，将来……上个大学……免得做街娃。小小年纪就混社会，辛苦啊……妹儿啊，我都是为了他好呀。妹儿啊，你不晓得我……唉，十二岁死了父亲，十三岁母亲调往外地，我带着姊妹们单独生活……苦啊……去亲戚家热个饭……人家都不肯……你也不晓得我十五岁就离开家，在外面跑工地……做赤脚医生，包扎烂伤口……多苦啊，妹儿啊，你不晓得我在“文革”武斗的时候，躲那些枪林弹雨有多害怕……唉，我就这个儿子，把我的希望都毁了啊……

葛藤对“希望”这个词语不感兴趣，也不想跟母亲解释世界有多大，分数有多不重要。她埋着头，只顾给母亲削苹果，削了一个放在床头柜上放黄了，再削一个。她知道母亲不怎么吃。葛家一直没有买水果的习惯，觉得那是跟过日子无关的东西。母亲住院后，父亲却去批发了好几箱苹果，跟护士说了好话，堆在病房角落里。隔壁床位的几个人就住在县城，老有亲朋好友提水果来看望。

“妹儿啊，我这辈子就败在没有正式工作啊，你弟弟不能上大学，就是断绝了我的希望啊……他以后咋个办啊……”母亲挣扎着，用生命最后一点精气神唠叨。葛藤再也听不下去了，杵了一句：“你在工商所收了一辈子市场管理费，待遇也不比别人差，咋个就说自己没工作呢？合同工和正式工有啥子区别嘛？既然你当了一辈子合同工都没饿死，葛兵不上大学不当正式工也不见得会饿死嘛。”

她不明白母亲因为焦虑儿子会被饿死已经先把自己气成了癌症，为何还不醒悟，临死还在担心。她倒是知道母亲小时候，也就是 20 世纪 60 年代初，刚好死了父亲，的确有一段靠吃树皮和洋槐花挺过来的日子。母亲常在饭桌上嘲笑那些为了填肚子，吃了白泥巴先去做鬼的小伙伴，说自己赚了条命。父亲总在那种时候恭维着她，共同取笑为填饱肚子被白泥巴裹去西方极乐世界的所有人。父亲的神态和语气都带着讨好的意味，看得出来是为了安抚母亲在当天不要过于对他发火。实际上，这种小心翼翼的日子并不仅仅因为葛兵，还因为家中的经济大权。几十年来，母亲挣的每一分钱都被父亲收走，即使买把小菜，买瓶雅霜，也得伸手找父亲要。这种关系像一种默契的交换，换来她可以随意辱骂他。有时是葛兵惹恼了她，她会说“你们葛家的孽种”；有时却并不因为葛兵，仅仅是她要零花钱的时候，父亲迟疑了一下，她就直接撕了伪装，指向这个家经济大权的软性争夺大战来骂，明确指出丈夫不该因为跟工商所熟，直接帮她把工资领了，锁进柜子。父亲情愿装聋作哑，情愿被她骂一辈子，也绝不交出家庭经济大权，第二个月依然故我，帮她代领工资。但，母亲骂得再凶，表情像要吃人似的，却从不抢先一步去领……甚至完全放弃去领——令葛藤一直匪夷所思。

母亲最后走的那会儿，父亲有事没来，葛藤也上街帮母亲买东西去了，病房里竟恰好没人。葛藤感到很愧疚，并因此原谅了十年来母亲因为每天生葛兵的气，随意辱骂她和父亲的事。母亲忘记对这个事情道歉了。她直到离开，也对丈夫和女儿充满信任，不觉得需要道歉。

在黑夜里，母亲越来越多地造访葛藤的梦境。她还是那么年轻，跟走的那天一样的岁数。她脸色苍白，嘴唇嚅动着要说什么，却总是说不出来，或者说出来了，葛藤又总是听不见。

有天半夜，母亲又来了，切切说着什么。葛藤越来越感觉害怕，就使出了全身的力气，左冲右突，把自己从梦里拔了出来。那时的葛家很安静，父亲、母亲早去了另外一个世界，弟弟葛兵已经好几天没回来了（究竟多少天，葛藤不太记得了）。

她拧亮灯，躺在床上细细思考梦中母亲的口型，心跳得“怦怦”的。人说老梦见死人说明身体极度不好了，她最近确实头晕得厉害。于是，她坐了起来，掀了被子，穿了衣服，到墙角搬了梯子，拿着手电筒，“噌噌”上了阁楼。

当她拿了一个茶饼，顺着梯子下来后，远处的雄鸡已经开始报晓。在缅寨的时候，她清楚记得英姐从阿伦那里进货时，用一种特制的工具检验真空包装的“汗血宝马”，那是一种类似于检验粮食品质的细钢管，插进去，只带一颗出来，却并不损害包装，原理是什么，她至今没想明白，也不用想。她没有那种工具，而且，茶饼那么坚固紧密，针都插不进去。

她翻身寻找床底工具箱里的锤子，拿出来，把茶饼放到水泥地上敲。声音挺大的，隔壁邻居一定能听到，但她知道，没人敢管葛家的事情。她敲了几下，茶饼就碎了。这个时候，她看见了一件奇怪的事情，除了茶叶，茶饼里什么都没有。她心里一慌，赶紧又敲击了十几下，把茶饼敲得碎碎的，里面还是什么都没有。最后，她把茶饼敲成了茶叶，连单颗的麻果都无处藏身时，还是没看见任何东西。

她一屁股坐在地上，喘着气，愣愣想着什么，然后，她又爬起来，走到墙角，“噔噔噔”顺着梯子爬上了阁楼，分了三次把剩下的二十九个茶饼，用口袋搬了下来。

茶饼环绕在她周围，她开始慢慢敲，一边敲，一边流泪，但有种轻松的暖流却在泪水背后慢慢升起。她终于为自己内心找到了对葛兵撒手不管的借口了。

也就是说，她安全了，成功逃离了。

十一

天慢慢亮了起来，葛藤还坐在地上，周围一片狼藉，到处是茶叶渣滓和包装。隔壁的邻居已经起床了，打开了收音机，听着京剧，声音挺嘈杂，中间却有一条声线擎天柱一般使劲钻出来，像远远的地底传来似的。葛藤心里一惊，从地上爬了起来，什么也没想，就推开门，再推开门，钻进了葛兵的房间——他一直严格命令葛藤除打扫卫生外，不许随便进入。尤其不许动衣柜和箱子——这种相互不动对方东西的规矩，几乎从童年时就天经地义存在，不论是谁，违反的下场都会很难看。

葛藤站在屋子中间，看着床头那里，除了衣柜，还有几口箱子，里面装着葛兵从小到大比较保密的东西，日记本哪，情书哪。她不用看也可以猜到，里面一定还有些乱七八糟的色情用品。她愣了下，又回到自己屋里，找到砸茶饼的锤子，再次走了过去，看准中间一个棕色牛皮纸仿皮箱子，举起锤子，三下两下就把小小挂锁后面的搭扣砸开了。

箱子开了，里面的确乱七八糟，连小时候玩的扑克、弹珠、纸画什么的都杂糅在里面。她不明白他保存这些东西的用意。这些细碎物件的中间，躺着一个矿泉水瓶子。葛藤把它拿出来，看见瓶盖上钻了两个孔，两根喝饮料的伸缩性软管贯穿其间，有一根延伸至一米左右，跟她在中缅边境看见的各式玻璃或者水晶麻果壶很不一样。她仔细分析了下它的构造，认为原理作用是一样的。她蹲下去，继续在箱子里寻找，果然，旁边还有几瓶没开封的矿泉水。在箱盖插兜里，有一个塑料药瓶。她抽出来，拧开一看，里面真有几十颗感冒通一样的红色药片。她倒在手掌上仔细观察，确定不是自己的“汗血宝马”，而是纯度低得多的市场价最多三五十元的普通麻果。英姐教她对比辨认过。

葛藤继续在箱子里翻找。她又找到了一卷切成一指宽，二十公分长的均匀锡箔纸条。她拿出一条，慢慢摁平，然后又去客厅找到打火机，用火苗在锡箔纸下烘烤除铅。她从瓶子里倒出一小堆麻果，排放在锡箔纸上，用火苗继续烘烤。一会儿，麻果开始软化，成为液态，冒出白色烟雾。然后，她回忆起在英姐那里看到的一切，拿出一瓶矿泉水打开倒进软管瓶中，左手握着锡纸形成角度，使液体向前滑动，再用口含住长软管，用力吸气。瓶中冒气了。麻果烟通过软管，吸入瓶中，再通过水净化处理，最后吸进她口中。

一股白色烟雾通过葛藤的鼻孔喷发出来时，却没带来一点传说中的快感。她以为自己遇到假货了，马上又抓了一小把，继续第二次烧烤深吸。第二批麻果还没融化，一股奇怪的力量却瞬间向她奔涌而来，排山倒海，如大海的巨浪，马上就要把她淹没、卷走。一刹那，她整个身心无比震惊，蓦地一闪念，醒悟到自己可能因情绪激昂，又没经验，不小心忘记了英姐说过的初次用量最大上限。

但一切，已经来不及了。

葛藤看见一朵金色的玫瑰。它不是金子做的，是真的玫瑰，饱满多汁，香气四溢，悄悄绽放在那里，却有锣鼓喧天的魅力。每一片花瓣似乎都隐藏着一只眼睛，目光里全是无私的爱意。她感觉温暖极了，舒服极了，浑身立马消散如风，像扑向十万亿辈子的亲人，无比信任地漫卷过去，氤氲过去，一点点把自己融入它，与金玫瑰合二为一。

烤秋刀

一

清明前一天，老妈正手把手教我精兑茉莉酒，外间木门“吱呀”一声，有个声音喊：“妈，我回来了。”那种优雅与欢快，不仅前所未见，还与这次家聚主题相当不符。上山祭祀父亲，老妈下了如山倒的军令：“春节不过可以，清明不回，就不算严家女子。”

我和老妈齐齐转头，目光穿过阴暗堂屋，看见妹妹小菊与一个男子逆光站在门口。他们的脸看不清，但体态轮廓以及某种看不见的波长，却把羞涩展露无遗。

老妈“哐当”丢了手上的木勺子，欺身压出去，如风卷残云。

经过磕磕碰碰的介绍，小野雄二走进了我家。他高大健壮，穿着质地精良的休闲西装，眉眼酷似老妈年轻时的偶像三浦友和。吃饭聊天，老妈都把人家死盯着，看得日本小伙子微微脸红。

后来两天，我从未见妹妹如此成熟有礼，接人待物俨然大家闺秀。敢情过去经年的坏脾气，都是装的。我有种被欺负了的感觉。站在父亲坟前祭拜时，旁边小野身上淡淡的古龙水味，又令我怀疑自己是不是嫉妒妹妹。

小野是小菊单位日方派驻财务人员，她上司的上司。那个名叫珍珠天空的超市全日式管理，细节精益求精，主攻高中档消费人群，员工两百多名，光卖场玉胳膊金腿儿的轮值女收银就有八十八位，办公区至少还有二三十名争奇斗艳的女性，其中不乏高学历的“白骨精”。妹妹只是一个普通内勤，职位不高，外表又不咋地，竟能力压群芳，获得众多女子暗恋的小野青睐，真令人匪夷所思。

我想小野只是跟她玩玩；但玩玩，他也可找更漂亮更性感的呀；但玩玩，又何必来家上门，上坟；向人家母亲鞠了躬，还去向坟里父亲鞠躬，脸上表情凝重不似表演。

那两天，我五味杂陈地看着他们微小的恩爱细节，你啄我啄，趁人不备轻轻痴笑，如一切恋爱中的“脑残”；看着老妈惊慌失措又极力掩盖；看着多年来唯一和乐融融的两天，我眼睛潮湿了。小菊偷空走过来，阴恻恻向我咬耳朵："别装了素心，你太爱装了。"

二

茉莉镇离昌城三十多公里，是它的卫星镇，只有几十分钟车程。其后小菊带着小野，多次回到茉莉镇。管理层跟卖场不一样，比较闲，休双休。有段时间，因日本小伙子的到来，我们家变了，特别"五好"。茉莉镇的人都说，小野是来讨好未来丈母娘的。

实际小野从未讨好，只是很简单很诚恳地来，带着他母亲寄来的玄米茶之类的日本货，感谢在我家吃过的每一粒米、喝过的每一杯水，并且，对茉莉镇的风土人情颇感兴趣。茉莉镇是县级中心城关镇，三条大街几十条小巷他都走遍了，镇外的水库和观音庙也不放过。顺带地，他还深入了解了茉莉酒的做法。有一瞬间我甚至怀疑，他是不是冲着茉莉酒才跟小菊好的。那就是说，妹妹跟他好上之前，是不是跟他提过茉莉酒？谁敢问呢。美好得之不易，纵是幻景，又怎会忍心勘破。

茉莉酒除了自娱，看起来也无太大别的价值。

茉莉镇人酷爱种茉莉花，不仅家家阳台后院有，镇外的田野山间更是成片成片的茉莉园。作为其他茉莉产品的顺带物，酿制茉莉酒，古已有之，但发展到最近几十年，却只有我家最大限度保持了茉莉芬芳。茉莉镇人都说，喝了严家茉莉酒，哪管别人有没有。

方法都一样，无非把茉莉花发酵勾兑，如葡萄酒、兰花酒、红苕酒、高粱酒……没什么不同。只因为茉莉花产量少，需按各家心得，添加不同比例别的东西，加红苕、加玉米、加茉莉叶子杆子，随便加什么，一半以上还得是茉莉花，无法大规模工业化生产，仅限家庭手工制作。奇怪的是，我家的闻起来跟别人家一样，略有淡淡清香，但喝一口下去，立马发现天壤之别。可以说，那是一种侵入骨髓的茉莉香。假若一个人没有经验，第一次喝我家的茉莉酒，那种被内在幽香震惊得发呆的瞬间，真是小宇宙爆发，万条芬芳小虫愉快啃噬肉身。

那种感觉如做爱高潮一般，仅仅持续几秒，接下来就是漫长的不应期，再喝不会被刺激得一愣一愣，却会感觉通体自发幽香，每个毛孔都散发着茉莉味，好像那个传说中的香妃。

每年，我们家也只能酿制三五瓶而已。因为那的确是个漫长而奢侈的过程。

小野零零星星把我家几年的窖藏都喝光了。我讨厌他微酡沉醉时，迷离的眼睛。他唯一的优点——中文不利索表现出的稚拙，在酒精面前偶尔消散，显出男人原形。有时他趁老妈和妹妹不注意，用迷离的眼神迅疾斜视我一眼。我感觉他眼里有精光。瞬间之后我又怀疑是幻觉。那种光太短，而且，那种光之后，总是紧缀着他对妹妹的小关心：学着茉莉镇的陋习，给她搛点菜什么的。这个家庭缺乏男人，渴盼男人，也有点忌讳男人。雄性的东西令人有不安全感。

也许，吸引他来家的，只有茉莉酒。但是，在新旧不续的无酒空档期，他还是坚持来，从夏天到秋天，与妹妹的情感日渐火热，与老妈愈发相谈甚欢。

三

小野第一次上门前，我们姐妹曾相对谈心，小菊只字未提他。可见，恋情刚开始，她就迫不及待带了他回来。

那是去年初冬，我去昌城开会，完事后心血来潮，竟拨打她手机，要求见面。此前我每年因各种事进城至少两三趟，无有一回跟她联络过，这次手贱拨她号码，只能算鬼使神差。

对方竟非常热情，详细询问我的位置，又耐心指导乘车至她住处的路线。

严小菊青春前期动辄发火，青春后期长时间与我们疏离，被老妈视为“收账的”。我因自小见识了她无数歇斯底里的情状，那天寻到她的住处前，腿肚子还有点转筋，好像要见的，是暂时被驯服的野兽。

小菊热情地把我引进她如花的蜗居，用手动咖啡研磨机给我磨着假冒蓝山，满室生香。她甚至懂得使用排风壶煮咖啡的微小秘诀，细细向我解释湿毛巾降温引流的道理，我却总想起她初中时常因不洗头不洗澡被母亲呵斥的事。我还曾看见她把内裤裆上的白带结块抠掉，继续当干净裤儿穿。如今，她在室内也戴着遮阳软便帽，仿佛欧罗巴上流社会妇女。她淘来的宫廷风格咖啡杯，繁复的巴洛克花纹镶着金边，挑起饮者的敝帚自珍之情。

屋内处处因地制宜摆着不同的盆景，可谓花团锦簇，热带鱼在我身后游来游去。我说，你的睡衣真好看。她说是啊，在昌城，没这么好看的。

她的自信让我怀疑，在附近银行上班的两个同乡回镇传说的“二姑娘”不是她。不是珍珠天空株式会社的超市总务助理严小菊，常被男同事集体捉弄的，我的妹妹。

消息灵通的同乡透露，男同事捉弄妹妹的原因，一是她过于眯缝的三角眼，过于塌的宽鼻子；另一个就是她过于讲究的生活方式——最丑，又最讲究，男人们自然看不惯。

据说，当她隔三差五穿着每个细节都极尽诠释优美却并不昂贵的服装，甚至披着打折时淘来的假貂披肩，骑着一辆快要散架的助动车，去几里外的批发市场为超市管理人员购买各种办公用品时，飞扬的头发每每在风中炸开，面部因速度和风的拉扯，看起来很狰狞，像个喜剧。更令大家难受的是，她一遇到异性，说话瞬间变得柔软娇嗔，嗲声嗲气，超过林志玲，是从未见过的另一种她。他们有次在保安室拦截到去联络工作的她，竟要她表演“撒娇”这个词，她就真的在人圈里演了，用造型和表情。完全不顾那些男人咬着嘴唇，用颤抖的腹肌控制笑。各部门跟她平级或者职位比她高的男人，闲暇之余爱说两句擦边边的黄色笑话逗她，故意看她羞得捂着脸跑远。他们在后面哈哈大笑，心说丑人多作怪啊。旁边也有女同事一边笑，一边假意骂他们过分。这是小闹剧的主要定式。实际上，因为是同事，男人们很好地把握了分寸，不至于太越界。小菊成了珍珠天空的快乐宝贝，人际关系反而超好，连别的部门彼此不能沟通的事，有时也私下请她去撒娇协调。人家笑几声，不该做的广告企划案接了，不该让的办公桌也心胸宽大地让了，万事好商量似的。

小菊对异性语调态度的娇滴滴，想来并非做作，而是发自内心。激素改变人生。何况，屈指一算，她已二十八九，比我小不了两岁。在当天的闲聊中，我看了出来，但凡说到世上女性，小菊立马变回茉莉镇的她，用堪比匕首投枪的语言，直接揭露事情本质。她下手狠准，好像都说对了，但又有哪点不对似的。在她嘴里，上至日本皇妃，下至中国女乞丐，只要是女的，表面或风光或平静的生活下面，必定无比不堪。仿佛纯文学里那种人在天地间的渺小和尴尬。整个女人群体被她的嘴逼到了绝境，令我怀疑自己在她眼里嘴里，会是怎样惨不忍睹。转念一说到男性，她却两眼放光，精准挑出对方原子般微小的闪光品质，哪怕像媒体报道的张君类的杀人恶魔，她亦感觉非常心疼，并相当老道地看出，他们雄性激素傲人，是真的汉子。她像观音菩萨一样对所有男性充满了慈悲，与她有交集的男同事全被她描述成了天使或者王子。她说起他们来，真是脸色发红，笑声不断，有点亢奋的感觉。等我好奇地站起身，随她去里间看她与男买手和男企划的合影时，却感到十分沮丧。他们看上去普通、庸俗，个别人甚至灰头土脸。其实，我应该有思想准备的。

临走已是黄昏，我反过来请客，让她随便点地方。她犹豫了一会儿，竟说自己现在的口味，跟我们茉莉镇的人已经很不一样，不如不吃，各自散去。

我问她有什么不一样，她笑而不答。最后送我出门，她看我满眼的疑问，不得不说，她的饮食观已经发生翻天覆地的变化，说出来我也不会懂。我说你回家时，不也吃老妈做的饭嘛。她就说："我是在扶贫，发慈悲。"

四

茉莉镇曾被日军短暂占领，几乎每个家庭都可以翻出点伤心往事。

小时，左邻右舍皆用日本兵的图样吓唬哭闹的孩子。后来，抗日影片中的镜头成了我的噩梦。那些梦一般出现在考试前后。留镇上做教师后，又出现在同事使绊子或者每次失恋被母亲唠叨婚姻问题时。我曾问过同龄女性，她们竟与我有同样的梦。被日本兵追，被日本兵刺杀。白天不做梦了，我们看到井口锅盖啥的，也不由自主揣摩，可否做地道藏人？以至我们有段时间怀疑，自己是抗战冤魂转世。

从时间上算起来，还真切题。

不知哪年，风气一夜反转，满街日本头、日本衣、日本歌，家电全觊觎东洋货，人人言必称日本。某天，我同学定居日本的姑姑还乡，更是留下少时记忆亮点。那位皮肤白得透明的女华侨，浑身生香，每日里洗澡两遍，穿上半截衣服，坐后院用高档乳液细细抹遍手和胳膊，引左邻右舍扒墙围观。

“人为啥要活得那么麻烦，难道是皇后娘娘？”他们说。

华侨姑姑此行的意义，经年过后方知。她走了，却诞生出茉莉镇第一批“超妹子”，也就是昌城人说的时髦女郎。留幸子头，学日语，穿走私的日本旧衣服，还命令追求他们的男人打扮成三浦友和的样子。说实话，老妈也赶在潮流尾巴上。有孩子的她不敢过于张扬，却天天揣摩日本电视剧里的服装款式，做给我和妹妹穿。

其后若干年，茉莉镇人衷心崇拜日本的一切，想尽办法诓骗他们到这里投资。有个别孩子东渡留学，更是引得街坊自发排队相送，艳羡不已。转头一见电视里围棋、排球日本占了上风，又用最脏的土话骂着他们，还砸自家保温瓶子，义愤填膺。连带地，大家也骂出些他们几十年前畜生不如的事。一遇日本有人参拜靖国神社，大家爱国情绪就突涨，竟出现过半夜莫名殴打日本观光客的事。

那时茉莉镇已发展到七八万人口，犯罪嫌疑人如水滴融入大海，万年难寻。

近些年不那么爱不那么恨了，转而关注韩国和美国，但在小小范围内，小野与小菊之事，还是给我家长脸不少。老妈去菜场买菜，常被熟人拦截。人家突头突脑伸出手，一边整理她衣领子，一边说："好福气啊，好福气啊，以后就跟着闺女去日本享福啦。"老妈那个时候每每又骄傲又愤怒，张口结舌半天才吐出一句："我，我死也要死在茉莉镇！"

但她回来复述这些遭遇，又带着某种自豪似的。

五

看到如此精致、阳光、健康的小野，老妈整天都在莫名微笑。关于日本，关于中日关系，关于抗战，老妈在家中小心翼翼不提及。开电视时，遇有中日争端的新闻她赶紧换台，生怕小野尴尬。她盯着小野吃饭的样子，犹如亲生母亲。她常叹息："不远万里来啊，你妈妈要想死你了。"小野就说："我也想妈妈啊。"

"想妈妈就回这里来。"老妈斩钉截铁地命令他。

后来，小野若准备回来，会叫小菊提前一天打电话点菜，犹如亲生儿子，但又跟亲生儿子略有不同——我发现人家强烈要求的菜，都是极其廉价和普通的，不需太劳神费力。他仿佛某些中国男儿，因喜欢丈母娘连带更爱其女。至少他隐隐表现出了这种倾向。之后某天，小野就不是只跟小菊两人回家了，他还带上了同时外派中国的同事外园昭男；两周后，又把在另一家日企工作的毛利原建也带了过来；再以后，有个叫栀子的女留学生也成了我家的常客。除了他们，偶尔也会有些来了去了都没记住姓名的过客，无一例外都是混在昌城的日本人，或者有日本护照的台湾人。原来他们也有同乡会类的组织。单位配给小野的三菱越野车最多只能坐五人，除了他和小菊，可带一至三个不等的日本籍公民来。

这些远涉重洋的年轻人如此喜欢我家，他们甚至喊母亲“妈妈”。他们喜欢吃她做的每道菜时，都做出想把舌头一起吞下去的样子，老妈高兴得大笑。只要他们提出菜名，她都尽最大努力去满足，唯一一次看到电视里周杰伦念经样唱到“秋刀鱼”，他们突然说好想吃秋刀鱼，老妈却完全不知那是什么东西。她在他们走后，逢人便问，没人知道这是什么鱼。我后来在学校办公室百度了答案，用彩色打印机弄好图片带回来给她看。她看了半天说：“真的好像刀哦，不过，跟秋和鱼联系在一起，充满了诗意。”老妈退休前，是高级小学语文教师，跟我一样爱好文学，时不时见风含泪，引用古诗和白话文歌颂下鲜花土地啥的。即使灰尘，我们也不放过歌咏。这也是我们家过去有点排挤妹妹的原因吧。小菊成绩很差，又不看任何文学作品，但很奇怪，她现在却突然变得很浪漫，跟日本人喝茉莉酒时竟说："今日如此美好，值得浮一大白。"有几次还跟他们一起背诵日本的俳句。用日语朗诵了，又用中文翻译给我们听。什么"赤日炎炎当头照，萧瑟秋风席地梳"，什么"古池冷落一片寂，忽闻青蛙跳水声"。天，尽是连我和老妈这种背唐诗宋词长大的人都不知道的东西！尽管小菊后来混了个社会办学的经济管理本科文凭，在我唯一一次拜访她租住的一室一厅里，仿佛还是没有书架，只有一沓沓地摊上买的十元一本的过期《时尚》《ELLE》之类。难道，她的文学修养来自电子书或者男朋友？罢罢，此事理不出头绪，暂时不表。

老妈最后再次强调："秋刀鱼的名字的确很有诗的意境，换我们来，不会用秋字，只会说，刀鱼。刀鱼就亮戾气了，不高明。"我使劲点头，不得不对人家服气。

话说因为这样办免费流水席，老妈着实辛苦。我不敢细想她是为了什么，真的仅仅在帮家中最丑的女子抓住良缘吗？自家茉莉酒断档了，她就挨家挨户，苦苦求人，几两几两地借回来。记得父亲去世后，老妈还没退休，一人工资养三人。我们最穷的那会儿，老妈卖蚊帐、卖床踏板也没找人借过钱。她说父亲留下遗言："借"是可耻的。

如今，她不仅找人借茉莉酒，还因为做醋鱼、做烧鸡公什么的，临时找隔壁的借沙姜，有次甚至借回半边猪肺。像开了缺口，借一次就借上了瘾似的。老妈每次要做的菜十几个，椒盐、麻辣、鱼香、宫保，五味俱全，难免会忘记买某种东西。小菊避着小野，一边塞给她菜金补贴亏空，一边埋怨："写本子上再去菜场嘛！"只有我看了出来，老妈也许是故意，故意让别人知道家里来了些什么人。也可能，因为小野，老妈有了优越感，不在乎别人说她老借东西，怀疑她穷，爱占便宜。

六

从春天到冬天，我们母女三人仿佛坐在高速飞行器上，速度令人眩晕。我们极力保持沉默，轻手轻脚行事，但脸色持续泛红，眸子明亮。小菊的三角小眼仿佛也大了起来。真是怪。只在酒席上，我们才话多起来。那也是为了不让贵客没有话说，惊走他们。

因为经常见到小菊，我们有了更多的沟通，大多数在小野们聊天看电视打牌，老妈去了菜场，我和她在厨房里择葱剥蒜的时候。我有次提起之前去昌城，她说饮食观已经改变，现在看起来，还跟过去一样嘛。她脸红了，嗫嚅半天才说："嗨，小野喜欢中国菜，我是陪他吃。"我细细套出原委，才知她中午在食堂吃中国菜，早餐和晚餐自己做。早餐做西式，晚餐则选择日韩系。跟小野好了后，她有时也去他的寝室帮他做。无奈这种机会很少，大多数日子，本地相关企业都把小野请出去过夜生活。他的工作是个肥缺，主管部分商品的进场筛选及提成管理费用，社会交往极广。他看起来被人带得极端中国化，但小野对小菊说，在日本，职场男人下班后也是这样。

小野毕竟年轻，打心眼里并不喜欢这种半交际半工作的晚间应酬，只能逃到茉莉镇来，才有真正属于他自个儿的时间。“原来是这样。”我叹口气，继续向小菊打听日本的事。

那时小菊已经成了日本通，非常乐意谈那个国家。她用一种配得上大和文化的细腻语气，在干家务活的当儿，低低向我展示了一个不知是否真假的日本。清洁，优雅，礼貌，勤劳，严密，樱花，寿司，北海道的薰衣草，银座，寺庙，等等等等。之前她说到的饮食观，不知如何解释，最后竟引用印度瑜伽的说法来区分：“悦性和惰性食品，保持天然；变性食品，全靠调料调味。”

“你们中国吃的，都是变性食品。”小菊洗着白菜，不经意以日本人的口气对我说话了。我非常不爽，但没表现出来，沉吟半天才说：“怪哉哈，解释日本食品，非得用印度人的话才能说清楚。”杵完对方，我赶紧走出厨房去收衣服，生怕惹恼温柔了很久的她。

此事不过是小小不快，无法抵消我们家的快乐。

大多数时候，上了餐桌吃饭那会儿是语言的峰会，基本由小野和他的朋友主讲。他们都是中国通，中文虽有点磕巴，却跟我们能彼此听懂。当然，他们偶尔也闹笑话，比如有次看到我家不远的派出所门口竖着牌子，上书标语“贴着群众干”，百思不得其解。我们都是女的，只好假装忽略这个误会，懒得跟他们细究，匆匆解释带过。日本青年们喝了茉莉酒后，话往往多起来，渐渐地，我们也了解到，他们在日本，竟从底层家庭出来，不算贵族。小野便是北海道一个普通农民的孩子，努力读书，孤身闯进东京。珍珠天空在日本是个专走乡下路线的超市，所以留在日本的同仁，也不过在各个小镇甚至村里上班而已。混得更糟的，就派遣来中国，好比充军。比如小野，就是得罪了上司发配来的。快退休拿养老金的，也派来。小菊他们这个店的外方总监，就是个马上要退休的老头，整天万事不做，混钟点而已。

他们这样的坦白，常令我和老妈怀疑该不该继续劳民伤财接待他们。他们不过是苦孩子，不是白马王子啊。犹豫潜藏在我们内心，彼此也没说出过，但我知道，我想过，老妈就想过。但，我们是文学爱好者，岂能暴露这种俗气东西。

直到有一天，小野兴之所至带来了影集，记载着他们全家的各种生活。骑马，踢球，赏花，进香，旅游……照片上的小野以及他的家人，朋友，同学，均皮肤洁净，发型精致，服装时尚，尤其有张全家福，共二十几口人，从老人到孩子，均清洁健康幸福阳光。老妈看后，松了口气。

“小野还是贵气的，我们这样待他不为过。”老妈没说出来，我从她的眼睛猜到了。

那个时候小菊已经变得更加沉默与温柔，像与宇宙签订了某种契约的人。她日夜苦攻日语，回家也带着单词小本本，与小野的对话汉日夹杂，看起来真的起了移民心。我却总觉得事情有什么地方不对，又说不出不对在哪里。

有次我又去昌城开会，便搭他们顺风车。到了城区，已是暮色四合，我见他们没有请我吃饭的意思，又看常住的教委宾馆旁开了家装修精致的创意火锅，餐具全德国进口，一人一口小锅，清汤做底，感觉卫生清淡，便请他们一起吃。小野和他朋友远次郎微醺上厕所时，我终于逮住机会探问妹妹，怎样把小野搞到了手。

小菊轻轻笑着，低头沉吟半天才说："他觉得，嗯，昌城的女子太粗俗了。"

我张着嘴，半天未合上，答案真意外。细想下来也是，咱们这里时兴妇女顶半边天，昌城还流行怕妻传统，女子彪悍更甚。小菊在别人眼里所有做作的举动，倒无意吻合了日本女性传统。过于温柔，过于有礼，过于媚男，过于……但小野不是中国人，不懂得过犹不及。也不懂"二"的微妙。

"呵呵。"为了讨好小菊，我开口了，"的确，你的气质和内涵，都非常日本。"

我说完，顿觉心里一寒：莫非她潜心研习过日式生活细节，言行举止都是刻意而为，无非为了钓个金龟婿，因此忍辱负重般接受同胞的嘲笑……啊，是啊，小野是财务部副经理，与她工作上太多往来……上个星期银行同乡在QQ里说，珍珠天空的中方职员现在没人再戏耍小菊，反而特别尊敬她了。甚至有的女职员开始学习她的打扮和说话方式——优雅，优雅，尽最大本事优雅。

一瞬间，我越推理越确信，小菊心机很深。一种纯女性的仇恨涌了出来。尽管我对小野不感兴趣，但我还是觉得被欺负了。就如过去很多年，她装疯卖傻，用歇斯底里欺负我们，令全家惴惴不安。现在，她又用优雅戏弄了我。

当然，我也可能不是仇恨，是一种五味杂陈。她若不能嫁，或嫁不好，我真心着急。她真嫁好了，我也闷闷不乐。

我找个机会，谎称接到会议团短信，买单后先行一步走了，留下他们三人慢慢聊。

后来的日子，我有点不太想他们经常回来，心里越来越找不到当初相聚的快乐。我不知原因为何。难道是小野和他的朋友越来越多地要求去茉莉镇每个旮旯角落看，令我这个陪同者每次苦不堪言；又或者，是他们每个人都知道了我家制作茉莉酒的秘诀，不过是发酵过程中，对着它念一些简单的咒语（其实他们跟小菊一样，没一人相信这法子。大家的表情显示，我妈在开玩笑）。

不不，都不是。我的不快很复杂。

有一天，是小野来我家第二年的清明了。他带来三位日本小伙子，都是新面孔，一起去给我父亲上坟。归来后，老妈置办了一桌酒席款待。也许是感谢他们很诚恳的那些鞠躬吧，那天的菜格外多，连几年难得一见的狗肉煲都做了。

茉莉酒摆了两瓶上来，都是我家做的。四位日本小伙子都被它震惊了。吃饭中间，他们看起来全喝高了，说话中越来越多日语，舌头也越来越打结。开始的时候，小菊还能挣扎着，勉力插上几句话，后来看她表情，也跟我们一样，听不懂了。他们四人热烈地谈论着什么，完全把主人搞忘记了，酒精让他们忘记了过去很注重的礼貌。我们母女三人本来也可以不管他们，用中国话自己聊自己的，但不知为什么，我们都没作声，闷头吃饭，还有点尴尬。

有时候想起来，假如是自家孩子在用英语，或者别的什么语聊天，我们也许不会尴尬，甚至会因听不懂而自豪。那一瞬间，我突然意识到，一年来过于的亲热，只是为了掩饰我们与小野那种隔膜。我转头看了看母亲，她向我回送了个眼色。

突然之间，四位异族年轻人放了碗筷，大笑着站起来，在桌子旁边唱起了日本歌曲，边唱还边比手划脚。动作越来越大，兴致越来越高，最后竟围着桌子转圈拍手轻跳。我们听不懂。我们这个民族很含蓄，不好意思当众歌舞。甚至，泄露温情都觉羞耻。我们只好放下筷子，转过脸，葵花向太阳般跟着他们转，使劲笑着，使劲鼓掌捧场。

我感觉那天把脸都笑烂了。

恍惚间，我有点看不清他们了，只见群影乱舞，一片魑魅魍魉。我也有点醉了，赶紧低头掐着太阳穴。老妈也学着我这个动作。小菊则有点尴尬似的。

他们唱的歌词全是日语，听不懂，曲子却有种说不出的旷远与苍凉，仿佛一把鬼哭狼嚎的刀子，扎进了我们的内心。隔壁一直艳羡我们找了好女婿，一直借葱葱蒜苗给我们的王大妈想来也听到了。她站在大门口，扯声扯气喊我妈，打断了小伙子们的歌舞。我和老妈赶紧抓住这机会，起身出去了，只听见小菊在里间用日语跟朋友解释着什么。他们笑着停了下来。一会儿，他们又唱起了另外一首日语歌。他们真的醉了。

几十年来，和我家关系最好的王大妈第一次流露出了不满。她说了句很奇怪的话。她喊着我妈的学名，用县长般的口气，异常严肃地说："任秀同志，不晓得为什么，我听到这些歌曲，心里慌得很，好像……好像，你家成了租界。"

我妈呆住了，半晌后，却有点不高兴了。她杵她说："你隔房表兄在唐人街，你长脸了几十年，逢人便炫耀。你咋个不说唐人街是租界呢？"

王大妈也有点不高兴了，说："哪里跟哪里啊，不是一回事。"

我妈就说："王姐，你心理要强大起来。说起辈分，我们是他们长辈，我们还怕他们不成。”

这当儿小菊跑了出来，问是不是吵着邻居了。王大妈不好意思继续说了，谎称有别的事，转身走了。

事情就是在那个时候起变化的。再以后妹妹他们回来一天半，临走时会发现小野那辆停在电影院停车场的三菱旅游车的玻璃上，挂着半干或全干的口水。开始，小菊向小野和他的朋友们解释，茉莉镇人文化水平低。小野笑着说没关系。后来每次周日下午四点离开，三点我妈或者小菊就会雇人去把车子擦干净，不让那些日本人知道。

七

在我印象中，妹妹十二岁那年是一道分水岭。之前的她懦弱胆小沉默，之后的她，宛若泼妇。但也可能不是一蹴而就的，只是那年发生了太多事情，令她猛地展现出隐藏的另一个自己。

家中最爱她的父亲去世；我考上中师离家；她上初一刚进入青春期就开始掉头发，大块大块掉，原因不明。县城的所有医生都束手无策，昌城的教授也含糊说是缺乏维生素。她最后几乎秃顶，同学们喊她“三毛”。到了年底，因为害怕嘲笑，她拼死闹着休学一年，开始了人生最黑暗最漫长的时期。

那一年恰好我住校单飞，大开眼界，心情开朗如鲜花原野。等我偶尔回家，才发觉妹妹与老妈已经把吵架打架弄成了家常便饭。说打架不恰当，其实每次都是老妈嘴辩不过后，冲过去要抡她，她死死抓住老妈的手臂对抗而已。最后成了两人“吭哧吭哧”扳手劲。

每次都以老妈从一团纠结中抽出一只手，扇妹妹一巴掌结束。实际也未结束，小菊虽不敢还手，挨一巴掌后，会把自己卧室门关上，一整天不出来。一敲门，她就尖叫，用尽全部生命般。老妈怕家丑外扬，更怕她把嗓子撕裂，便随她关自己禁闭。家中无人敢去惊扰。

每次老妈的神情也表明，她在内心忏悔了，下次不愿再跟女儿斗。小菊却仿佛斗上了瘾，老妈任何一句话，都可以成为导火索。老妈试图三缄其口，但忍不了一天，又会彻底烦了，想到自己占上风的监护人身份，竟示威样主动去挑衅女儿，有种偏要打碎什么东西的冲动。我那时总是很哀伤地坐在茉莉镇或者师范学校的河边草地，学着电影里的女主角，用一种诗人般的心情哀悼我的家庭。我渴望一个父亲般的老男人把我从这个家拯救出去。直到三十岁我才明白，老男人只会让我堕入地狱，并拼命反弹回老妈身边。反反复复。

父亲未走之前，我和老妈都有点小爱文学，还参加过县工会搞的文学社，自诩为茉莉镇的知识女性，如今看到她跟妹妹这么粗鲁地大打出手，犹如我从小最避着的二四六九来县城赶集的村妇，心里真是很难受，生怕隔壁听见了。其实都是串夹壁头的老房子，怎么可能听不见。我臊得越发不敢回家，那年老找借口周末留在师范学校，办黑板报或画大幅素描。

寒暑假不得不回来，我只好充当和事佬，天天劝她们。我观察出来，她们也不为任何重要事情吵架，只为一点：老妈催促妹妹起床、穿衣、吃饭、洗澡等最基本的起居事宜时，妹妹一定大吵大闹，坚决不从。我真怀疑是闹着休学这事得逞后，愚蠢的她终于知道，野蛮可以战胜全家，所以把它当作了武器。但有天下雨时，她光着没几根毛的脑袋泪眼凄凄看着窗外时，我又理解了她的绝望。谁也不知她患了什么病，谁也不知会不会好起来。

所幸一年的煎熬渐渐过去，各种草药土方乱用，妹妹慢慢长出了新的头发。她戴着帽子，留了一级，重新上学，只是自那以后，她的坏脾气，她与老妈的对抗，直到小野上门，再无改变。

“她从小丑，学习不好，母爱一碗水端不平，怀恨在心很久了。”老妈趁她不在家时，讨好我般分析她心理。我愈发感觉自己有罪，更加有点怕小菊。不怎么跟她说话、交往，遇到她大声大气乱吼，或者牙尖嘴利讥讽，我从不作声，尽量找借口远避。另外一方面，我却在她面前有种绝对的优越感，如人对无教养流浪猫狗的悲悯和忍让。我是茉莉镇漂亮的女孩子之一，有老妈的瓜子脸白皮肤，还有父亲的大眼睛高鼻梁。有时我猛然惊觉，妹妹其实长得很像老妈啊，为何老妈要去鄙视一个模子里倒出来的另一个自己？我百思不得其解。

妹妹高中毕业后，自然没考上大学。我从她某段时间微妙的反常情态猜想，可能是喜欢上哪个男孩子了。果不其然，有天她破天荒柔软了语气，在家中饭桌上提出，我们两姐妹应该学学茉莉酒的做法了。

很早以前的茉莉镇，茉莉酒的各家私密做法是当作女儿陪嫁的，新中国成立后虽没这个规矩，还是约定俗成地，把它当作可传承的财产，教给下一代中最孝顺的子女。老妈听了她建议，非常高兴，出钱去幺舅公的山上摘了两大箩筐茉莉花回来，第二天就实物操作，一点点把程序告诉我们。除了不少细致关节诀窍，还有最关键的一点，在茉莉酒的发酵过程中，每天择早晚七点整，盘腿坐在酒窖前，默念我家太爷爷自创的酿酒文：茉莉姑娘，茉莉妈妈，听我某某（说自己姓名），真心求情。留住你的脚，留住你的心，常在我家门，永世满芳庭。老妈补充说："每次至少念十五遍，心越诚越好。嗯，清空心里的杂念，合上双眼，百分之百相信世上有茉莉仙子才有效。"

"这就是秘诀？！哄鬼吧！"小菊当时大喊大叫。若干年后提起此事，她又跟小野他们一起掩嘴笑。他们其实不相信老妈，也不相信祖先，更不相信神灵。我信，我都信，我知道虔诚的意念可以改变一些肉眼看不见的东西，包括芳香分子。我默不作声记下来，带着无比诚恳的心，花了很长时间，自己单独酿制勾兑了一瓶茉莉酒，真的清香无比，差点不输老妈。

我的茉莉酒酿成的那天，小菊一直拉着脸。她怀疑老妈单独告诉了我另外的秘诀。老妈喝了口我做的酒，为我的成功高兴得流泪。小菊却一口没尝，转身愤愤离去。当天夜里十一点过，她看完电视突然宣布放弃复读，要到昌城去半工半读股份制私立大学，自己闯世界。她抖狠说：“坐牢坐满了，谁也别想拦住我。”

老妈沉默了，真的没拦她。妹妹离家后，老妈却说：“清净了清净了，当初就该生你一个，怪你奶奶逼着我生了那个收账的。”我狡猾地还是不搭白，如过去一样。其后我发现，老妈大半年灰着脸，不怎么说话，偶尔冷不丁冒出句：“收账的没跟你联系啊？”

从那时起，小菊跟家里的联系保持在一年两三次，并成为定式。只有春节才回家。第一次回来时，她一进门就对老妈说：“我回来过年了，免得邻居笑话你。”老妈知道她玩真的，不敢如过去般反唇相讥，呆了半晌才说：“那我谢谢你的善良。”

其实妹妹去得不远，可以说，还是在家门口晃荡，慢慢我们就习惯了她的若即若离。

八

有个星期天下午，我站起身来，去打开院门送小菊小野和他们带来的一位叫松下的朋友，却突然尖叫了一声。在后面话别的人都被惊动了，一连声问我什么事。我说没有什么，但他们全走了出来，每个人都看见院门上用粉笔粗粗填写了三个字：租界 拆。

拆字还画了个圆圈框起来。

小野他们都是中国通，一下也懂了意思，尴尬得半天说不出话。老妈到底灵光，立马“咚咚”走到旁边，喊出隔壁王大妈，不冷不热问她，是不是我们这片也要拆迁还建了。王大妈很无辜地说：“不会吧，按照规划，不是说三年后再拆吗？”

老妈“嗯”了声，道了谢走回来。我们一家三口都明白了，这些字，不是王大妈所为（她本来也不是这个性格，老妈不过是故意去验证罢了）。除了王大妈，茉莉镇另外还有人对我家有意见了。也再次肯定了某种猜想：小野汽车玻璃上那些口水，绝不是小孩们调皮，或者个别仇富者所为（茉莉镇因以上两点冲私家车吐口水的事常有发生）。

那天这样一路走，我们母女三人看沿路邻居的目光，以及客气的招呼回应，都感觉虚伪极了。小野和松下也感觉到了，一路无话来到停车场。临上车时，小野突然回头说：“妈妈，我们要世世代代友好下去。”

蓝天白云做背景，小伙子目光清淡，皮肤洁净，看起来灵魂像水晶一般透明。

我们一惊，来不及反应，愣愣看着小野。他们上了车，老妈的眼泪才涌了起来。我看见她在使劲克制，到底没让它掉下地。车开了，老妈才颤声喊出来："好的好的。"可惜小野没听见。

我俩默默回了家，老妈关上院门后，终于开口了，她说："即使小菊跟小野最后没成，这孩子我也要交往下去。真是个好孩子！"

老妈只说了这些，但我知道，她作为饱读唐诗宋词和俄罗斯文学的高级语文老师，她绝不仅仅因为这些。

之后几天老妈煮饭洗衣的空隙，常常停下来发呆，好像想着很多事情。有天我放学回来，一进门，老妈就对我说："素心，我想明白了，茉莉镇也不是没有过日本女婿，还有美国女婿、德国女婿呢，记得不？东头赵妈妈家还找了个非洲人。那次带回家，大家也不怎么稀罕。对了，那个德国佬还住了一个多月呢，是哪年的事了？平时出来看地摊下棋，坐茶馆喝茶，也没人跟他过不去……"

我一边放晚上要批改的作业，一边打断她："妈，你究竟要说什么？"

"是啊，我要说什么？要说什么？素心啊，我想，做人不能太高调了……改天，改天你跟小菊说一下，他俩回来就行了，别带一车日本人来。"老妈说。

"你自己说嘛，我哪里敢说。要是得罪了，怎么办？"我回答。

老妈就急了："你怕得罪小菊，未必我不怕。你晓得那个人，一踩九头翘，现在的样子都是装的。"

哈哈，原来老妈跟我一样，晓得温柔优雅绝不是妹妹最深的本性。那个日本小伙子，迟早会吃苦头的。说起来，把妹妹嫁给他，有点栽赃的意思了。这样一想，我们又更加怜惜小野了，从怕伤害小菊到怕伤害小野。哪怕一丁点。

“多好的孩子啊。”老妈有时在家突然叹息，有时又突然问我，“说没说？”我假装忘记了，问她说什么，她又道：“算了，还是不说好。”老妈那个星期相当走神，几次把锅烧煳了。

到了周五晚上，她想到周六的聚会，更加着急了，在电视机前呆呆坐了半天，突然一拍大腿说：“有了，素心，你快打电话告诉小菊，我病了，叫他们改天再回来。明天就免了。”

我听了，沉默半天才说：“躲得过初一躲不过十五，再说，听说你病了，他们更要回来。”

老妈张开嘴，呆住了。她后来又沉默了半天，才说算了，你打电话过去，问他们要吃什么菜，有几个人。我刚要执行命令，小菊却先打了回来，说单位高层换人，要大盘存加班，很忙，可能最近半个月都不会回来了。

老妈听了，终于松了口气，可是不到几分钟，她又忧郁起来，在屋里念：“是不是借口呀？是不是借口呀？是不是小野他们被茉莉镇的人伤害了呀？”

我看她那样，就走过去，盯着她眼睛，用很坚强成熟的语气安慰她：“妈，你怕什么？怕小野飞了吗？你这样对他，他要因为一小点外界的干扰就不要小菊了，他也不是你的女婿，不是小菊的正缘分。”

老妈听了，想了半天说：“是呀是呀，人生路还很长，要是把小菊交出去，交到外国去，不找个百分百爱她的，不知会被怎样欺负呢。算了算了，随缘，我不想了，我去睡。”

她挥挥手，刚蹒跚走到卧室门口，突然又转过身来说：“不对呀，不对呀，我好像不是为小菊担心，我是真的怕茉莉镇的人的做法伤害了那孩子。那孩子，还有他带来的那些孩子，真的好可爱啊。”

“妈！”我狠狠叫了她一声，“快去睡吧，你不是说忙过这阵就去拜师学佛吗，你太不合格了。”

老妈看我发怒的样子，不作声了，走了进去，按开电灯。我看着她的背影，心也格外沉重不安，而且，我也不知我在担心什么。

九

若用一个词形容小野不来那两星期我和老妈的感受，就是“惴惴”。惴惴不安。

这日子过得艰难，过得恍惚失神，我在课堂上好几次讲错，被学生举手纠正，糗死了。老妈比我沉得住气，看起来没什么，只是越发沉默。她的卧室跟我的隔着堂屋，听不见她夜半辗转反侧，早上一开门，那些担忧却都写她脸上了。有时候她会走到窗户边挂着的塑料镜子前照一会，自言自语说：“眼泡皮肿得，像个猪头。”

有个星期三的晚上，我和她沉默地看着音量调到零的电视，看了半天，我们突然商量起来，要不给小菊打个电话？随便聊聊天，问候下，顺便套套情报，他们哪天回来，我们好做点吃的准备准备。至少，家里的卫生做干净点吧。

这个话也不记得谁先提出来，感觉像是一起说出的。我和老妈总是心意相通。热烈讨论了半天，我们突然一下又停了嘴。我们讨论的都是如何打过去，才不会惹恼小菊，至于小野，来我们家一年多了，我们竟不知他的手机号码。我们从未问过，他也没有给过，好像天经地义。甚至，假若他不是小野，是别的什么人冒充的，我们也无法判断。

意会到这点荒唐，我们都一颤，瞬间沉默下来。那些文学功底又跑出来作怪了。我知道老妈跟我一样，有点伤感，因为，我们此时才发现，这一年多呼呼啦啦的热闹，并没真正彻底改变过去多年妹妹与这个家的隔阂。

难道，伤痕是永远都无法复原的吗？

到了晚上十点左右，老妈打算去睡前，眼睛一下冒出了凶光。她大声说：“素心，用你手机，帮我拨你妹妹的电话……哼，我还不肯信，老娘生下了她，还不敢打搅她睡觉了……”

我没有劝她，也有种破釜沉舟的心情，心想妹妹这些年悬在我们头上，王母娘娘似的，真让人受够了，不如彻底撕碎算了。要走的，也留不住。我狠狠按了那些键，直接把手机递给老妈。

老妈坐在陈旧的人造革沙发上，严肃地听着话筒，神情仿佛两弹一星发射般严肃。听了一会儿，她突然把手机一伸，还给我说：“关机了。”我拿耳边听听，又重按了一遍号码，真的关机了。

我俩闷闷睡了，熬到第二天，各忙各的。她去跳晨舞，去打麻将，去买菜、做饭、洗衣，我照常上课。两人早中晚碰头吃饭，也不再提此事。我能感觉到老妈此时的心情与我一般，如那种刚刚失恋、假意忘记了、重新开始生活的女子——轻松了，但有点惶惶不安。偶尔还会不小心回忆，不小心伤一点心，又确实与那种在情感中煎熬的人不一样了。我们看见了隧道尽头的一点光。

之前一年，小菊和小野大约也有四分之一周末不回，那一定是天气不好或者有事。他们会提前通知。这一次，其实也告知要盘存，我们却感觉他们永远逝去了，再也不会回来了。

又过了一星期，我们好像忘记此事了，突然有天，家里的座机响了起来，小菊在电话里对老妈说，他们要回来过周末。

老妈淡淡说了“好”，放电话时，手却有点颤抖。她转身对我宣布了电话内容，愣了会儿，突然问：“今天星期几？”我说：“星期四。”她点点头，就进屋去了。

第二天早上，老妈吩咐我下课后把家里大扫除做了，她说她今天一整天都不在家，要晚上才回。那时已快到暑假了，我说这么热你到哪里去？别热病了。她说别管，我晚上就回来。

我按照她的吩咐，利用早午晚的空档，从几分钟路程远的学校回来，把家中收拾齐整，连牙刷毛都摆向了同一个方向。到了晚上八点过，老妈终于回来了，手里提着个大大的塑料袋，还没进门，就腥臭漫天。

我以手掩鼻，差点呕吐，刚要问话，她却把手里的袋子塞给我，说："赶紧放冰箱，要臭了。"我说："这么臭……"她却一把抢回去，自己放进了冰箱下面的冷冻室。

她二话不说，要求我去给她调试水温、拿衣服、伺候她洗澡。"稀里哗啦"搞半天。等一切都弄完了，她又说："我可能中暑了，快去拿十滴水、金宁丹、仁丹……都给我拿来。"

老妈服下所有药，躺上床歇息，慢慢向我透露了实情。她去昌城了，找了好几家大超市，才找到了秋刀鱼。之前一天，她在茉莉镇到处打听，知道昌城有卖，甚至珍珠天空就有。她坐了公共汽车去，刻意没去珍珠天空，按照地图和路牌，转了大半个城市，找了好几家大超市，才买到了。

老妈说："只有冰冻的。其实很便宜，八九块钱一斤。不过，太腥了，像喂猫的……唉，天气热，路远，有点闷坏了。"

我说："怪不得那么臭。"说完我就起身去打开冰箱，拿出一大坨已经冻在一起的秋刀鱼看。它们整齐排列着，都有圆鼓鼓的身子，虽然冻在一起，但根根分明，条条像刀，鱼嘴尖利无比。从鱼背到鱼肚，颜色渐变，分成灰黑、浅灰、白色三种层次——真是惟妙惟肖一把柳叶刀！

我感到有点害怕，好像它们有生命，有能量，便赶紧放了回去，转身对老妈说："长得挺美的，配得上那个名字。"

十

直到第二天下午五点过，妹妹和小野才回来。之前一年，他们虽要睡懒觉，却尽量赶在午饭前回。按照小野的玩笑话说，美食赶走了瞌睡虫，多吃一顿是一顿。可这次，他们少了一顿。

因有微妙的猜忌，我们迎接他们时，自己倒显出了某种可疑。

进屋坐定后，小菊解释晚回来的原因，说上午还是加了班，最近太忙了。我和老妈忙不迭地点头，使劲证明她说的是真话。老妈甚至举例，说她认识的搞商业的老朋友，一遇到盘存就关门闭缝，不见人。妹妹就有点生气，说珍珠天空跟那些铺子可不一样，没啥可比性。之前不是说了，主要是高层人事的变动，要清理的，并不仅仅是账目，还有别的，说了你们也不懂。

妹妹说得有点愤愤的，我和老妈一对眼，赶紧道歉，连忙去把消暑的苦丁茶递给旁边坐着的小野，说：“路上辛苦了。”

“不辛苦。”小野站起来鞠躬。这样一来，我和老妈才想起，他这套客气的言行举止，跟第一次上门时一模一样。也就是说，等于我们一年白干了。问题出在哪里，我们也不晓得。

我赶紧搪塞两句，留他俩在堂屋里看电视窃窃私语，下厨帮老妈去了。那天他们到家晚，我们又不敢打电话过去确定会不会回来吃午饭，所以一早起来把秋刀鱼摆在案板上解冻，腥臭随时间更加剧了。下午两点过的时候，老妈没办法，只好用小火慢慢把鱼煎了，剁了一大碗酸姜酸辣椒压在上面，又倒上茉莉酒淹着，慢慢渗味进去，压制它濒临腐烂的腥臭。

别的菜端上桌后，老妈才把秋刀鱼倒进锅完成最后的烹制。她总是这样，喜欢大家在饭桌上吃了几分钟后，才去做最重要的一道菜。老妈是个精细人，说好菜要热腾腾上桌，一分钟都不耽误才行。我知道，大家吃着她端上来的菜的瞬间，令她可以确认自己是个好母亲。

我们三个小辈在外面吃着喝着，胡乱评论电视节目调节气氛。小野不带日本朋友来后，他自己也显得拘谨了很多，让我怀疑，他带那些人来，是不是给他壮胆的。

罢罢，我怎能这样想。

说话间，老妈笑吟吟把酸辣秋刀鱼端了上来。她一放下盛鱼大盘就说：“不好意思，烧过头了。”我代大家说没关系，另外一对情侣却有点乖巧客气地道了谢，把筷子谨慎地伸向碗里。

一拨开那些红红的辣椒，我们惊讶地发现，老妈说的烧过头了，是很烧过头了。一尺来长的秋刀鱼变成了一些碎片和骨架，偶尔间杂一块寸把长的完整鱼身。

小野赶紧夹了一块放进嘴里，咀嚼后真诚地站起来，给老妈鞠了躬，说："谢谢妈妈，真好吃。"我本以为，他俩会欢呼，没想到这么斯文。我急忙打圆场，要汗淋淋的老妈快去洗澡。我说不用调水，这白花花的太阳晒得自来水都可以洗澡了。老妈应声而去，看来也是累了，热了。家里没空调，厨房蒸笼样憋气。尤其是，老妈以为这天跟过去一样，会招待一桌人，所以做了十菜一汤。

老妈去厕所洗澡了，我和小菊立马转了筷头，改吃别的。那一大盘秋刀鱼不仅腥得很，而且有点发苦。只有小野还在吃。老妈说得没错，他是个非常善良的好孩子。

小菊突然说："别吃了，小心拉肚子。"小野竟很无辜地说："不会吧。"小菊就任性地挡了他的筷子，不许他吃。我看他们那样，就简单地、低声地把老妈买秋刀鱼、做秋刀鱼的过程讲了。小野看起来很震撼，也很感动，更有点尴尬，小菊却很不高兴。她终于控制不住自己，滔滔说了起来："没必要用一盘鱼来让我们背上负担，说真的，素心，我已经受够了。小时候，每得一点好处，甚至只是给我洗了件衣服，老妈都会表功，说你看啊，我对你这么好，你还不孝顺点。你做了好事，人家晓得的，人家不傻，心里有数，但你每次说出来，人家反而不舒服了，所以我每次都杵她，没叫你洗啊，你可以不洗啊，结果，她每次都说我没良心，说我是白眼狼。素心，说真的，你也有这个毛病。你这个人特别虚伪，还特别自恋，总觉得自己是茉莉镇的镇花，高高在上，其实，除了老妈，世上谁捧你的场呢？你去昌城混混看，你算哪块牙膏皮？说不定连工作都找不到。你每次都说自己不喜欢大城市，自己最孝顺，誓死陪老妈。哼，把我比得魂都没有，好像天下母亲都只该生你这样的女儿。其实你是害怕城市。城市要让你现出原形，现出你啥都不算的原形。说真的，你要不这么端着架子，把老妈的吹捧信以为真，你现在早就有自己的家了。说真的，你就是一个装逼犯。”

“小菊，你过分了，扯远了。”我看了看小野，立马喝住妹妹。尽管青少年时期她对我更过分的话都讲过不少，但很久没听见了，再一重温，我还是大吃一惊。她还是她，严小菊啊，日本式的优雅一点没磨掉她愤怒的尖刺。

小野却望着我们微笑，好像这些话并不严重。

小菊这番对我和老妈的冷冷揭露，也显出她与小野更亲近了，才敢在他面前爆家丑。她离我们家更远了，彻底叛变了。之前一年的狂欢聚会，我和老妈，还有这个具象的家，甚至茉莉镇、茉莉酒，甚至鸡鸭鱼肉，都成了她的工具——笼络金龟婿的高明手段罢了。我们又被利用了。

我有点不快，但我是顾全大局的人，便一如既往地假装听不懂，不与她计较。我好脾气地指了指厕所的方向，柔声对她说：“看她这把年纪，这么辛苦，你别说了，我一个人吃，全吃完，好不好。”

我说完，不顾他俩看我的目光，赶紧抓紧时间，快速吃着秋刀鱼。一大盘约有两斤，细刺又多，我差点把自己卡死。小菊看了会儿，心软了，也吃起来。小野看了，也加入进来。

小菊气消了，一边吃，一边压低声音跟我说话，试图挽回刚才的伤害。她转了话头说：“秋刀鱼本来就腥，再加多次冰冻解冻，再加天气热，公车上闷了，再加秋刀鱼根本不服中国的调料，整个做法就有问题。”

不待我问，她和小野就你一句我一句，把日本做秋刀鱼的几种方式全都说了。

他们还是保持低声，像在密谋什么事，生怕老妈出来听见了。其实老妈洗完澡后再没出来，她去了自己的卧室躺着休息，说累了。快半夜了，她才起来喝了点绿豆稀饭，刷完牙，跟小野客气几句，又去睡觉了。第二天，老妈也蔫蔫的。她坚持做了午饭，没怎么说话，脸色不太好。到了下午三点过，她叮嘱我去看看有人搞小野的车子没。再然后，四点过时，她又说累，进屋躺着静养，等小菊和她男朋友进去，跟她简单告别。

她没去电影院停车场送他们。

十一

第二个星期周四早上，我刚起来，正在后院莳弄花草的老妈就底气十足地把我叫了过去。

她说：“你放暑假了，去昌城买点秋刀鱼回来，顺便叫他们周六晚上回来吃饭。对了，隔壁王大妈那里有高级保鲜小箱子，你去借了拎着进城，回来弄干净还给人家，反正里面像锡纸那么亮，好洗。”

我愣了半晌，答应着走出门去。老妈在后面又补充说：“一定记得买日本辣根芥末。我这次要按照他们说的日本方法，烤盘秋刀鱼给他们尝尝。”

她这样一说，我才意识到刚刚走过的堂屋里，的确摆着一个小炉子和一小堆青冈木炭。我还以为老妈大夏天要烤羊肉串呢。

我有点理直气壮地给妹妹拨了电话，通知他们按时回来，又雄赳赳地拎了王大妈的小保鲜箱去往昌城。

小菊在电话里很乖巧地答应着，对老妈的直接命令并未表现出丝毫不爽。难道，过去真的是我们自己想多了？

一切顺风顺水，甚至那两天的天气也不似夏日，分外凉爽，偶尔还洒下一点小雨。小菊和小野如约回家后，也恢复了一些先前的活泼，还不轻不重地跟老妈开起玩笑来。尽管稍显刻意。

他们是下午三点左右到家的。五点过一刻，我们全家在后院烧起青冈炭小炉子，用借来的铁丝网架在上面，开始烤起了秋刀鱼。

秋刀鱼的做法也应了妹妹之前悦性食品的说法，非常简单。用明火烤制，浇点料酒去其浓重腥味，然后撒上鲜柠檬汁，再蘸薄盐酱油和芥末即可。

一张低矮的茶几和四个小凳摆在炉子旁边，四副碗筷加四个蘸碟占据四方，旁竖自家今年最后半瓶茉莉酒。一切清淡，简单，除了秋刀鱼，别无他物。

夏日夜晚，天可亮到八九点后，我们心情放松，边烤边吃。总共四五斤鱼，分成三次烤，三次吃。实际上老妈过来尝了几口后，就自告奋勇继续充当厨师，在旁边忙碌。小野也习惯了她这个习惯，跟我们姐妹在茶几边轻轻吃喝交谈。

没有那些不熟悉的日本人，这次最像家宴了。天气凉爽，各种花草香远远淡淡飘来，妹妹也不再出语伤人，说真的，我开心极了。

老妈把鱼全部烤完后，还是没有上桌。她走过来，亮了亮额头上的细汗，说要去洗澡，我们也不太在意，随了她去。

她在厕所里捣鼓了很久才出来，我们也没在意。恍惚记得，我们那天谈的，都是珍珠天空与我们学校的奇闻怪事。一边谈，一边笑。我们把各自同事的糗事提炼概括出来做下酒料，并不觉得是在八卦。

也许，我真的如小菊所说是个装逼犯，因为我“三八”起来，竟最快乐，比被评为“教书育人先进分子”还快乐。

到了九点左右，天慢慢黑下来。我家后院没牵灯，大家笑说别喂鼻子里了，都决定晚宴到此为止，谁也没想到，老妈还饿着肚子。

我们刚站起来，准备收拾碗筷，老妈却突然出现在后门口，半明半暗中，黑压压的。我们刚一转头，就听她说：“孩子们，妈妈有句话，不知当说不当说。”

我们愣住了，老妈的声调很平静，仿佛经过了长久准备，是前所未有的严肃。

“你说嘛！”小菊终于开口了，有点愤怒。

老妈不理她，继续黑压压站在那里：“以后，除了过年过节，平时尽量不要回来。”

小野回过神来，惊呼：“妈妈，我们做错什么了？”

老妈缓和了口气，走过来坐下，仰起脸看着他，继续说：“你们没有错，是妈妈的心太累了。”小野立马蹲下来，面对老妈诚恳地说：“妈妈，是我带回来的朋友太多了，对不起。妈妈，是我考虑不周。”

“不，孩子，不是的。”老妈慈祥地对小野说，“是妈妈不好，神经太衰弱了。你们每次回来，妈不知为什么，提前几天就睡不着，很难受。白天起来也老在家里转悠，检查卫生做好没有，看有没有忘记的小事，我甚至还专门准备了个接待记事本，很厚……”说到这里，老妈有点哽咽了，她说：“孩子们，正因为我太想你们回家了，所以劝你们少回来点。除了大假，别的时间就算了。说句不怕你们笑话的隐私，你们回来前几天，我甚至连最爱吃的辣椒都不敢碰。我一吃辣椒就上火口臭，湿热下注，痔疮发作，又爱打屁……唉，我真怕你们嫌弃我脏呀。”

“怎么会呢？您尽管吃辣椒啊。”小野急忙说。老妈就说：“知道你们会这样说，可我自己做不到啊。”

黑暗中，小野不作声了，我感觉到他在抉择——相信这话，还是不相信。

我和妹妹都没作声，我们太了解老妈了。她从不说假话，但她一直无法准确说出自己。

院子里很沉静，大家都不说话了。也不知小野能不能领会，半晌后，他慢慢站了起来，说：“好的妈妈，我们放大假才回来，您放松自己生活。”

他浅浅鞠了一躬，退到了旁边，等候老妈下令，然后一起收拾茶几的残局。他并不知道，那是他最后一次来我家。

很久以后，妹妹小菊告诉我，那个夏夜，她站在黑暗中就感觉到了，她与小野雄二的婚事，可能迟早会告吹。当然，她也并不仅仅因为老妈那些话。

不到一个月，老天爷真的提前来挑战业已松动的关系：小野竟要

被派回日本工作了 。他虽已被小菊莫名些微冷落，但还是强烈要求与她订婚后再走。“强烈到像跟某种幻想的东西赌气。”妹妹评价道。

不知为什么，从未被中国男人追求过的丑女小菊，闷闷考虑几天，竟拒绝了。

小野伤心地回了国，小菊也再不说抖狠的话伤害我们。实际上她几乎不再跟我们说话，只在每年吃年夜饭的时候回来履行职责，第二天又回昌城。有时我进城开会或者购物，给她打电话，要求见面，她总说没有时间。多打两次，我也认命了，再也不打了。

老妈一直表现得若无其事，她可以吃辣椒了，可以口臭可以放屁了，还可以把家里的卫生做得不那么完美了，但她却始终没放松下来，反而更加严谨细致地生活。假若要用一个名词来说这种生活方式的话，真的很“日本”。

老妈变了，我有点找不到与她心有灵犀的感觉了。

直到今天，我仍无意追寻家里发生的一切意味着什么，也思考不出来。生活太复杂。我只是每天淡然地看着老妈时不时去摸摸案板下擦干净没，去反复检查家里的一切，去坐在门口慢慢剥毛豆，去把日子和时间断成一个个探幽入微的细节来过。我不知她在想什么，也不问，如妹妹所言，或者我真的是一个自以为是的人。

伤口如花

一

菜市场像个伤口。香叶脑袋里陡然冒出这句话，好像诗一样。

其实香叶从来不知什么叫诗，只是过去的几年，二婶每次俯身查看她小腿上的伤口时都会说，这个地方啊，集中了人身上全部的注意力，有的神经要它烂，有的神经要它好，千军万马都赶来战斗着呢。香叶看菜市场热火朝天，打仗似的，这话就冒了出来。

二婶说完，还会一下撕掉香叶伤口上的嫩痂，站在“要它烂”的神经那边，问女孩子痛不痛，说痛了老子就扇你一耳光。

香叶每次都赶紧说，不痛不痛。其实她真的不痛。对于痛，女孩子的阈值已经升到很高，那是三年时间锻炼的结果。世上的怪事都可以训练出来，好比有的人可以把火或者石头什么的吞下去，有的人还可以用肚子唱歌一样。香叶只是死死盯着自己腿上重新渗出血丝的那几个伤口看，昏暗的灯光中，也能看出里面包含黄的、白的、红的、紫的好几种颜色。看久了，竟觉得它们像一朵朵花。

菜市场也像花，颜色是万千，气味是万千，人头攒动也有万千似的。香叶飘在里面，犹如僵尸，两手两脚都相当僵硬。她的腿奇怪地干瘦外撇，一长一短，下巴尖锐如锥，两只眼睛又大又黑，骨碌碌到处张望。稍微有心的人会在一瞬间发现这个女孩子的与众不同，但是没人愿意去发现。这里很忙，很乱，很脏，大跃进似的，那边老农的箩筐钩破了时髦女郎的黑丝袜，正在吵架；这边满载鸡鸭的摩托车悄无声息就擦过了香叶，差点把她撞到，衣服边边也蹭到了一点鸡屎，她还没弄明白是怎么回事，对方已经深深插进了人群。

香叶继续往里面走，犹如一条鱼滑向大海的深处。里面危机四伏，里面神秘诡异，但里面才是她真正的家。女孩子路过一排鲜鱼店时，突然想起街边书摊上看到的一幅漫画——《鱼的自杀》：鱼脖子上挂了个大大的气球，把自己的身体送入美丽的蓝天。香叶想，若是小鸟要自杀的话，就应该在脖子上挂个石头，把自己沉入美丽的大海……都是美丽，换一种美丽就成了地狱。那，要是香叶也自杀呢，该去哪个美丽的地方呢？

女孩子正七七八八乱想，一个巴掌却“啪”地呼到了她后脑勺上。匡云秀叉着腰，眼里含着泪水吼，你这个收账的，还不汲取教训哇！又到鬼门关来闯……唉，老子打死你，打死你……

做母亲的重新扑上来，劈头盖脸打着女儿，买菜的，卖菜的，送菜的，几乎没一个人停下来看。时间多金贵呀，谁肯关心别人那点破事。

香叶并不闪躲，任她打头。相比二婶，她觉得母亲的出手简直没有章法。

二

匡云秀把菜场称作“鬼门关”是有道理的，三年多前，七岁的香叶就在这里被人拐走。三年后，若不是坐在路边乞讨的女孩子被拍客把特写侧面照上传到微博，又被香叶上大学的小舅舅凑巧看见，他们全家哪里还能跟随警察奔赴千里，找回这个小时候耳朵被老鼠咬了个缺缺的女儿。连她本人都忘记自己叫香叶了，好像脑子被人打坏了，而且独独坏的是关于家的记忆。真是个怪事。

除了跟匡云秀一模一样的大圆黑眼睛和朝天露鼻孔，还有残缺了一半的左耳垂，女人感觉这孩子完全不是自己的。不是说香叶三年多了一点没长高，被人贩子故意弄断了腿再等它歪七缩八重新长上，反而变矮了几公分；也不是说香叶十一岁了看起来还像定格在七岁那年，体重只有五十二斤；更不是说香叶眼睛里那些深深的怀疑，对母亲的，对全世界的怀疑……啊，究竟要说什么……也许是弥漫包裹香叶浑身的一种陌生的气场。匡云秀完全理不清大脑，一团糨糊。她只是偶尔瞟香叶一眼，竟看见孩子也在偷偷瞟她。匡云秀被岁月熬得半干的眼珠在眼眶里显得突兀而神经质，生生要扑出来样；而香叶的瞳仁，却幽幽缩回去，像有种惊恐，一转身就要逃回后面隧道中去似的。母女彼此照见了自己的过去和未来，又马上躲开了。

匡云秀便用大声的斥骂来掩盖这个目光的交会，香叶也用低头沉默来抵挡。

迟钝是她最好的保护伞。

母亲其实也无创意，重新把刚才在菜场里骂的话重复了一遍，骂着骂着，意气渐生，到关键处，又要扑上来捶打香叶，突然她却吸吸鼻子，停了手。不到几秒钟，她就大声喊着二娃二娃，冲进了厕所。又不到几秒钟，香叶听见母亲把两岁的弟弟打得哇哇大哭起来。

弟弟又玩屎、吃屎了。只要没有大人看着他大便，事情完后他就会把自己的排泄物抹得到处都是，嘴里也会塞上一坨。

二娃并不是弱智，相反地，其他方面相当聪明，也就这点儿不良嗜好而已，所以香叶回来后，母亲看到她有点畸形的身体，也没过多奢望了，最大的任务就是看住二娃，可是最近，香叶却几次跑出去，不假不归的。前两次匡云秀把方圆一公里转遍了，都没找到香叶，最后还是女孩子自己回来的，挨顿打了事，咬紧牙关不交代去了哪里。这次却是灵光一现，匡云秀不知为何懵懂地撞进了那个她一直不愿再去的菜场，竟一下捉到了香叶。

本是好事，至少晓得女儿出门去了哪里，没想到，老二又趁此机会搞出来一摊子。

香叶也是吃过屎的，不是人屎，是路边的狗屎。她开始的时候不愿出去要钱，被二婶按着头，深入草地，糊了一嘴狗屎。二婶说她做过村里的小学老师，上过高中，香叶吃屎那会儿把黄胆水都吐出来了，她想她这辈子一定不会再相信任何读过高中又在村里教小学的人。

香叶屋里这边，母亲已经在声嘶力竭喊香叶快点过去帮忙了。香叶跑进去时，匡云秀自己并未动手收拾满厕所的脏东西，她已经瘫坐在儿子排泄物的中间，看着对面哇哇哭着的儿子，自己也号啕大哭起来，一边哭，一边大声控诉。

也就是那个时候，香叶才晓得母亲有那么多不高兴的事。比如父亲把她从乡下带到城市里来，自己却又长期去外面跑长途押运，等于是匡云秀一个人在陌生地方建了个家；比如母亲常常去新装修的房子做开荒卫生，有次从梯子上掉下来摔伤腿了，业主却说她叫痛耽误了活计，命令她马上又爬梯子去做，甚至好几次，母亲踩在外墙擦窗户，都差点从高楼上掉下去；又比如说，香叶被拐走后，母亲生的这个弟弟，好像有多动症，一刻不停地调皮，母亲雇不起人看他，只要出去做清洁，就用绳子把他猪狗一样拴住腰，绊在床脚，回来总是屎尿一身，他也就在那个时候喜欢了屎尿的味道，改不过来了；再比如说，母亲生下来的香叶不晓得有多机灵，三岁会数一百,四岁就帮母亲在菜场卖豆芽，清脆脆招呼人……

香叶啊，你晓不晓得那个时候的你有好乖呀，一个菜场的人都夸你呀，妈的豆芽摊子有了你帮忙招呼人，天天都卖断货呀……哪晓得……哪晓得你被人弄走三年，好不容易找回来了，人却傻掉了，废人一个呀……废了呀，香叶，香叶，你晓不晓得自己报废了……

母亲哭喊得有点咬牙切齿的味道，香叶脸木木的，冷冷看着她，半晌才成熟地说，不要哭了嘛，你先出来，我帮二娃洗下。

三

匡云秀提着塑料小桶，拿着迷你泡沫拖把走进一个小区时，心里很伤感，路边密密匝匝的桃花丝毫不能给她带来半点喜悦。想当初在乡下，她是多爱桃花呀，从小到大为了从别人桃园里偷几枝回来插玻璃瓶，被狗追过咬过，被看园汉子摸过，还因闹着要把名字改成匡桃花，被读过私塾的爷爷打过……不知是她的胃口变了，还是城里桃花太多了（几乎每个小区，每个路边花园都有），匡云秀有时看到它们，竟有点被腻住似的厌恶。

她快步进了电梯，直奔东家的房子。自从香叶找回后，她请求自己的上线多安排活计给她，她说养两个娃娃开销大了，实际上只有她知道，自己不想一天到晚看见香叶。

这是天打雷劈的想法啊，但却是真的。

开始的时候看见女儿歪七缩八的腿，瘦骨嶙峋的背，打了消炎针也习惯性地难以愈合的五六个伤口，又听到二婶两夫妻交代的若干非人虐待细节，她也心疼得号啕大哭，想自己捅自己胸口一刀。那时老公也在家，两个人相互起哄似的哭着，把个香叶吓得一声不吭，缩到墙角，惊恐观望。时间长了，香叶回来差不多一个季度，从冬天到初夏了，腿上伤口也落痂了，不知道为什么，匡云秀不但不哭了，竟越来越感觉对方是外人，仿佛一个小保姆，只有二娃才是自己亲生的。

明明做了啥 D 啥 A 的亲子鉴定啊，钱还是几个警察仗义凑的。

那个叫香叶的女孩子阴森森的，像黑夜里有九条命的青色猫，浑身都是陌生，不信任，仇恨，还有别的。匡云秀老觉得身边潜伏了一个妖怪，随时会把自己吃掉，再加上一些实际的问题，比如香叶奇形怪状，是不可能上学了；比如以后也不可能有好工作嫁好人家了——看起来，匡云秀似乎要养她一辈子似的，做母亲的就在某个夜里做了个梦，梦见又有人把女儿拐走了。

梦里的她没有着急，只是看坏人远遁，像默默注视一块腊肉，一只黄狗，或者一朵桃花。

起床后女人暗暗扇了自己两耳光，从此觉得罪孽深重，于是用更大的声音来呵斥香叶，有时也扇她耳光，啪啪拍她后脑勺，其实，她只是恨自己做了那个梦而已。

当天卫生做到一半，匡云秀突然没心情继续下去了。她想了个计策，蹲在地上喊肚子疼，跟业主谎称自己有胃病没吃饭，还说了自己上有老下有小，老公又卧床不起那些可怜的老套话，果然，业主最后不得不付了前面的钱把她放走了，一分没扣。

匡云秀揣好钱，慢慢往家里走。她第一次临岗逃脱了。像她这样没有依托家政公司，纯粹靠口碑生存的清洁工原本不该这样的，但她到底是任性了。

快到家的时候，匡云秀才醒悟过来，她是回来逼迫香叶洗头的。算起来，已经一个星期没洗了，女儿的头发在初夏的天气中，散发着油哈喇的味道。这几个月，香叶很乖很安静，除了那彻底伤害了匡云秀的青色猫目光，几乎就只能找出不洗头的毛病了。关于目光，毕竟是一种难以抓住的把柄，所以，匡云秀一直在跟香叶不洗头的事做不屈不挠的斗争。

那个香叶也是怪，洗头像是要她的命，每次都是挨顿打才被按下头洗，下次还是再挨次打，才会屈服。有天匡云秀突然喊，你没有记性啊，明明晓得不洗会挨打的……

话到一半母亲住了口，悲哀地发现女儿根本不怕打，她已经是烈火金刚之身，那好吧，总算是找到个理由可以打了，反正你不怕。匡云秀想，至少，我会掌握分寸，不会弄伤你，不像那个天杀的二婶，把你的皮……都撕破了。

母亲真希望女儿能哭下，那至少证明自己的巴掌有点效果，可女孩子从来不哭，只是静静望着自己的母亲，如黑夜里有九条命的青色猫。打到最后，往往是匡云秀反身逃走，扑倒在床上号啕大哭，等着旁边一直发愣的二娃回过神，踅过来轻轻掰她手臂，喊她妈妈。

他们租住在城郊接合部一栋两层私房的二楼，当天匡云秀刚走到门口，红脸胖房东就高声招呼她说，云秀，记者老师等你半天了！

四

香叶在过街地下通道要钱的时候，也被记者找过。那是一位穿着风衣的大帅哥，他蹲下来，给了香叶五块钱，仔细询问香叶的生活情况，他说他要写在自己的畅销书里，震惊中国，警醒世人。他并没想到要去报警或者帮助香叶逃离火坑，也许他只关注比较大的事情，也许是他看见通道里天天有警察经过也没管香叶的缘故。

香叶觉得他好帅啊，浑身香喷喷的，让人不敢看，不敢闻。女孩子嗫嚅着，刚回答了两句，二婶就匆匆跑了过来，收了摊子，扯了香叶就走。

那个时候女孩子才想起，二婶有时会在远处监视他们。也就是这种监视，让二婶发现，香叶必须采取跟别人不一样的方式要钱。乞儿都是低着头垂着眼帘，跪、趴、躺或者坐在路边，二婶却给香叶设计了“眼巴巴看着别人”的路线。二婶说，香叶，你的眼睛跟我们不一样，你要看着别人，保管每天完成任务。你要死死看着！

香叶抬起头，在地下通道里张开又大又黑又惊恐的眼睛（尽管她很怕），果然，二婶设定的每天三百元的目标，六个孩子中，只有她一人能完成。后来跟有意见的同伴对换了个稍微冷清的地儿，也一样能完成。

自从排名第一后，香叶就很少挨打了。具体来说，最近一年很少。假如每天被二婶他们把伤口重新弄烂不算挨打的话。

二婶是个奇怪的人，壮实的身材上架着副黑框眼镜。她有时撕掉香叶伤口上的嫩痂或者给别的不听话的孩子上刑时，总喜欢说，我是个有知识的人，不喜欢暴力。你们要听话，我真的真的，极其不喜欢暴力。

二婶还是个有本事的人，六个孩子中，竟有两个是她的亲戚。她带了他们出来耍杂技，最后发现杂技没人给钱，她男人吞长剑踩灯泡，看客也无动于衷，不掏腰包。有知识的她灵机一动，把杂耍团改成了丐帮，又辗转托人寻找门道，买了香叶等几个专门被拐出来按照乞讨所需弄弯了腿的孩子。二婶经常在晚饭后训话说，我们是个企业，是个团体，你们不是叫花子，是我的员工，以后，等要的钱多了，我会给你们发安置费、养老费的。所以后来，有经营头脑的，致力于把讨口弄成企业化的二婶明白了榜样的作用和奖惩的重要性。有段时间，香叶被二婶捧了起来，吃的东西都跟另外五个孩子不一样。也就是吃二婶两口子吃剩的东西。

香叶做乞儿时，觉得自己是个受苦的人；香叶回家后，却觉得自己是只有残疾的狗，再被人宠着，到底低周围所有人一个等级。

这当然是我们帮香叶总结的，那念头如一团烟雾，笼罩在女孩子心中，她说不出道道来。

尤其是记者上门后，香叶感觉更甚了。

五

第一个上门的是晚报一位年轻的女记者，她依然跟每个人一样，只关心香叶过去三年的生活细节，好像女孩子去了外星球回来，稀奇事一肚子，他们恨不得从她喉咙管伸手去掏。采访地点不在二楼匡家，却设在一楼房东堂屋的八仙桌边上，显得正式且公开。

小小的香叶低垂着脑袋，有点猥琐样龟缩在记者对面，也不敢去碰房东摆在她面前的瓜子和可乐。女记者刨根问底询她话，母亲和房东一坐一站旁观帮腔，门口还有跟狗狗一起戏耍时不时惹得匡云秀伸出头去骂两句的脚步还蹒跚的二娃。

香叶的汗流了下来，感觉自己被逮进了公安局，正被审问。

开始的时候她咬紧嘴唇，看着女记者明亮迫人的跟电视里那些主持人一样要把人逼到墙角的高智商眼睛，一字不吐，后来母亲的巴掌就呼了上来。没想到，匡云秀被女记者一架胳膊，狠狠地批评了一顿。女记者说做母亲的太不应该了，说这样的孩子永远不许打。

女记者像训斥龟儿一样骂了半天，把匡云秀搞得满脸通红。对方是她眼里的大人物，做母亲的丝毫不敢顶嘴，只是不知为什么，最后女记者竟然自己先哭了起来，哽咽着说，孩子太可怜了。

一屋子的人都沉默起来，静静看这最不相干的人狂流眼泪。有时候，他们总在电视里看见那些主播，那些记者，甚至评委、领导什么的，总之生活特别好，能影响大多数人命运的那些，一说话就哽咽，一说话就流泪，也觉新奇万分。不过此事摆在面前，就显出了压力，连平时高高在上的房东都吓得出去抱了二娃，借口到远处买糖，溜了。

香叶开始不再犟，张开嘴，简短回答记者的提问。实际上，百分之九十五是匡云秀回答的，因为香叶回答了百分之五，所以也就算她接受了采访。

女孩子想，她永远不会告诉他们，那些最痛苦的事情，绝不外露，永不说出来。她不明白为什么世上有些人要说出来，能有什么好处呢?

这次采访后来成为一种可复制的模式，匡云秀按照她对女儿过去三年生活的所知，回答一切提问。甚至因为反复操练，女人已经自觉知道哪些细节很重要，是记者需要的，哪个地方应该煽情，哪个地方应该暗中牵着记者走。可以说，接受五六个记者采访后，匡云秀就毕业了。而香叶，只需要缩成一团，以受害者的典型样子摆在那里给人看，然后关键处点头，再点头，或者抬起又大又黑又惊恐的眼睛，怯怯说，是的。

记者们在报纸上怎样写这个微博打拐成功案例的，匡云秀没兴趣看，她只在乎每个记者走时，留给她的钱有多少。

第一位记者是一时冲动，私人掏出五百元给她们的。自她把这个细节写上报纸后，有的记者就先募捐了同事的钱后，才来采访她。最多的一个，是在微博上先喊出“我要帮助香叶”，并要求别人每转发一次，就捐一元的记者。这条微博被转九千多次后，那人才带着九千多块钱来采访。那记者出名了，香叶也更加出名了。

微博好像是香叶的救世主似的。

匡云秀已经有两个月没出去做清洁了，也不在乎跑长途的男人会不会去公路边的小店找“鸡”了。她开始自信起来，说话声音明亮了些，也不打香叶了。她本来要去买时装打扮的，为吸引社会更多的资助，不得不按下了自己的小女人欲望。

黄昏时，母亲拿着存有两万多资助款的牡丹卡在里屋逗着儿子，说二娃呀，以后就拿这钱给你上个好幼儿园。前面那个双语私立的，好不好？一个月要交三百多呢。二娃不管听懂没，只管扑上去，哇哇乱叫，跟母亲在床上翻转抢夺那卡。男孩子非常早熟，鬼灵精似的。香叶在外间偷听到，竟一边择韭菜，一边微笑了。

她高兴的是终于有无人注意她的时光了，比如此刻。没有人注意多好呀。一有人注意，她就感觉自己像拔光了毛的畸形小鸡，瑟瑟发抖站在光天化日下，被众人围观，所有致命缺陷都暴露无遗了。

不要再来啦，魔鬼，鬼！她骂着，择着。在看待记者的事情上，女孩子跟她母亲的眼光截然相反。

六

最大的“鬼”终于来了，是本市最红的电视访谈节目《伤口如花》，那是一档专门让人倾诉伤心事，以警醒世人为宗旨的节目。“没有最痛，只有更痛，让我们痛定思痛”是他们的口号。主持人如花每期节目都会当众哭出林黛玉似的两个肿眼泡。

匡云秀把这事告诉香叶后，孩子就发高烧了。最高的一天达到四十摄氏度。坐在床边不停给香叶擦酒精、敷冷水毛巾的母亲心急如焚。离现场直播只有四天了，要是把这机会放掉，也许永远都不会有第二次了。她们几乎是周围团转，甚至把老家的人加上，唯一上省级电视台做节目的人啊。那几乎是她一生最大的光荣。

香叶发着烧的时候，匡云秀已经买了一包五斤重的高仿泰国香米送给房东（对方念叨香米很久了），安顿好二娃，电视台那边她也没惊动，挂口不透露香叶发烧的事。她不是故意瞒他们，是不到最后关头，她不想放弃香叶会从床上下来去参加节目的奇迹。

录制时间是星期四晚上八点，匡云秀内心确定放弃的最后时间是星期四下午五点，她没有考虑电视台那边的责任有多大，所以，她一直隐瞒。

孩子是不能骂了，母亲只能骂自己。她甚至学着电视剧里那些贵妇，坐在香叶床边低低说些祈祷的话。按照乡下人的习惯，本该是骂老天不是求老天的呀。

香叶终于听到了，回了她句，我星期三就好。

星期三一到，香叶真的好了，她下了床，开始帮忙干家务，实际上还是很虚弱，完全不能吃饭。匡云秀拿温度计一量，女儿还在低烧。为奖励孩子的明事理，匡云秀掏出五块钱给了她，跟当初那个帅哥记者给的一样多。

香叶擦了擦正在洗碗的手，说了谢谢，用又大又黑又惊恐的眼睛看了下妈妈，赶紧收了。

她已经很久没收过钱了，总觉得欠了点什么，没盐没味的。

七

那个演播厅太亮了，仿佛劈头盖脸泻下巨大的光的笼子，把匡云秀一下罩得不能动弹。

僵在观众席前排的母亲其实只有三十五岁，比大美女林志玲还小，皮肤倒还光滑，只是腰身和神态却完全显出更年期的状态。她把一双长期浸泡在洗涤剂里的粗手规矩放在膝盖上，背微微躬着，紧张无比地看着台上的香叶。

主持人如花的偶像是鲁豫，所以这个节目基本是一种模仿。节目前段的固定模式是当事人单独在台上接受问话，后面才会把匡云秀请上去。作为观众，匡云秀突然发现，自己的女儿在这个华丽的、明亮的、威严的、阔大的地方，如此渺小，如此猥琐，如此不值一提。

此时的香叶，仿佛是母亲人生本质的一个真实写照。

女儿只是一个小黑点，一个在主持人面前瑟瑟发抖的小动物，是丑陋的老鼠，不能见阳光的东西，越来越蜷缩，越来越卑微，越来越滑下去，滑下去，滑到深不见底的地底去……她完全没法回答主持人的任何问题。她又大又黑又惊恐的目光从没抬起来过。她的嘴根本打不开合不拢。主持人已经没有办法了。已经离开座位，直接蹲在香叶的面前去了。已经试图用手去抬她的下巴了。已经遭遇到了《伤口如花》栏目开播以来最大的尴尬……

继续僵在那里的匡云秀突然想起了三年多以前的日子。那些她为伶牙俐齿、乖巧可人的女儿骄傲无比的日子。那些有女万事足的日子。那些老公抱着女儿走，她就一直在旁边用眼睛看着女儿脸，自己不小心撞到电线杆子的日子。那些有大领导来菜场视察，只有勇敢的女儿敢上前握手，敢被领导抱起来照相的日子。那些她假装忘记了的，所有的日子。

她终于明白香叶为什么会老去菜场了，绝不是像记者说的想去抓人贩子。母亲一瞬间走进了女儿内心，同时也明白了自己为什么会恨香叶，因为香叶把她的一辈子毁了。全毁了。即使她后来生了二娃；即使她老公因为这个事把家里的经济大权全部交给了她，并跪在她面前指天发誓，永远把她当慈禧太后；即使香叶后来又奇迹般地被找了回来；即使全社会都想来帮助她；即使过去的仇人都送了一千块钱来安慰他们……香叶还是把她的一生……全毁了。

女儿的一生就是母亲的一生，那是名称不一样的同一个东西呀！同一个！

没辙的主持人已经失去了耐心，转过脸来，寻找着匡云秀。不等如花开口唤她，做母亲的“噌”地站了起来，自动走了上去，大声说，还是我来讲吧。

那一天，匡云秀表现得气定神闲，该说的都没说，尤其是香叶过去的细节。她全部说的是以后怎样对待她，说自己如何爱女儿，即使观众站起来提问，要求了解过去，她也坚决不说，甚至狠狠驳斥对方，你为什么想了解？你们没有资格了解别人的隐私！

《伤口如花》被一个农妇倔强地扭转了方向，大家都被吓住了。

节目一完，匡云秀马上抱起依然在旁边瑟缩成一团的女儿，没拿劳务费，就走了。

当天晚上母亲睡得很香。她并不知道，旁边的香叶半夜起来，看了看床上的母亲，又呆呆踅到柜子前，借着月光看着照片里的母亲，流着泪，咂咂嘀咕着什么。她不是在感动，是嘤嘤咽咽撒娇的那种，指责的那种，跟天下所有孩子抱怨母亲一个样子。

谁也不知她说了些什么，谁也不知道她为什么要对着照片说。

第二天，香叶在母亲面前又恢复了黑夜里青色猫的样子，偶尔，她还去当初被拐的菜场转转，然后又悄悄回来。

天使的秘密

一

她拿出一块白色写字板，挂在墙上，用水笔写上一个数字“35”，转身对我说：“还有三十五天了，你不要再跟我装莽。”她说完，眼里故意露出凶光，跟讲童话故事模仿大灰狼时一个模样。

半晌后她又走过来，换上温柔的神色，抱起地上的我，轻轻说：“算妈妈求你了。这是最后通牒，再给你三十五天时间。我知道，你什么都能听懂。”我伸出手，想把她嘴里的热气拨开，她却迅速在我脸上啄了口，留下点唾沫在我皮肤上，微凉微凉地挥发。

其实我被冤枉了，被楼下门房的严婆婆冤枉得吐血。从被冤枉那天开始，我的日子进入倒计时。她选择“35”是有道理的，再过三十五天，我满一岁。我不明白为什么时间在任何地方都被分成一截一截。一岁那天之前与之后，会有巨大区别吗？除了这里，我在那里也只有三十五天了。

她是我的母亲，别人喊她小芬，那天早晨带我去散步，她好像忘记什么东西了，把我放在门房外的藤圈椅上，自己跑上楼去，好一会儿才下来。她下来后，严婆婆就跟她说：“你儿子刚才着急死了，在楼下喊你呢。”母亲一惊，反复问她：“毛毛喊我？喊什么了？”严婆婆就说：“好像喊的是，妈妈快下来。”严婆婆又转头向旁边站着聊天的两位老年妇女求证，问她们听见没，她们都点头说好像的确喊了。我母亲那时就很激动了，说：“古书上写着呢，贵人语迟。我早就晓得毛毛心里有数，就是不肯开口。”大家都附和她，说一看这娃娃就是当总经理的相。母亲张了张口，想反驳“总经理”这个词，到底没找到恰当的理由，就闭了嘴。回来后，她就更加肯定，我从不开口喊她“妈妈”，是故意的。

在门房外等母亲时，我的确没喊过“妈妈快下来”，只是等久坐酸了，仰头向着自家阳台，哇哩哇啦乱埋怨了几声。那是一只狗，一头牛都可以发出的声音，呜呜咽咽，不具规范，我很奇怪，那三位老太太为什么能听出具体内容。我当时转头看着她们的眼睛，知道她们没有撒谎，我那一刻甚至吓了一跳，以为自己秘密尽失了。

回来后我假装不懂写字板上“35”的含义，坐在沙发上玩玩具，趁机过滤了下头脑中的东西，终于确定，我真的没有喊出那句话。我被冤枉了，婆婆们也没撒谎。这个世界靠不住，常出差错。

来到这个家三百多天的日子里，我一直没喊小芬“妈妈”，也没说出任何一句话，除了“哦咿呀哈”等某些动物都能发出的语气词外。也就是说，我是近一岁还不会说一个词语的孩子。母亲的亲友们告诉她，孩子最迟半岁到一岁，能够喊出“妈妈”这个词。全世界的孩子都把妈妈叫作“妈”，因为发出它非常容易，嘴唇一碰，气息随便爆破一下就有了。他们对她说，这是孩子语言能力的一个里程碑，“妈妈”会喊，后面的话就像沙坑里的萝卜，顺势就带出来了。

母亲从半年前到现在，一天比一天着急，因为，我五个月会爬，十个月会走，其他方面也正常甚至超常发展，唯独每天日升与日落时一样，根本不会喊“妈妈”，也不会说任何话。无论她采用什么办法训练我。我的嘴像与人类的结构不一样，无法发出最简单的词语，只会动物共有的象声词。有段时间她三不五时带我去检查，医生用各种仪器东搞西搞，最后总说一切正常，要她耐心等。第五位医生还跟她说了古代命理学中“贵人语迟”的话来安慰她。母亲到底定了心，甚至有种生了贵子的幻想，但她有时候又不放心，在家翻开我的嘴，一边查看，一边自言自语，说自己晚上做梦，梦见我的舌头分成了几个叉叉。

她说完，就势凑过来，深深吸了口我嘴里的奶味。她还常舔我嘴角的口水吃。我鼻子塞住时，若吸鼻器不管用，她就尖起嘴吸出鼻屎。我难以理解：一个人可以这样爱另一个人。

直到我被婆婆们冤枉前，她还在购买各种育婴书，用各种无聊的、重复的办法，执着训练我的说话能力，但那天以后，她却突然泄气，不怎么教了，阴森森看着我，开始怀疑我是故意不喊“妈妈”的，开始采用说服、威胁、恐吓等手段，开始用写字板倒计时。

在倒计时三十天的时候，她调整好自己不满的情绪，再次用了整整三个小时，面对面，仔细教我“妈妈”的口型。每教完一节却又说出那句奇怪的话。我不知如何是好，先不开口，后来看她太纠结，只好胡乱地咿咿呀呀哼哼哈咦，她又急又累，竟扬手轻扇了我一耳光，说你糊弄谁呢你，严婆婆她们未必集体听错了。她打完后，看我含泪瘪嘴，立马就后悔了，试图凑过来亲我，向我道歉，我逮住机会“哇哇”大哭，就此结束了恼人的学习。

她心烦意乱哄我几句，把我抱起来，走进卧室，放到安全柔软的床上，看我蹬着腿不依不饶地哭，自己也掉下泪来。

我是真的哭了，为她也为我。她如何能知道，我的确是故意的，故意不喊她“妈妈”，故意不说出任何带感情色彩的话。

二

我是一个天使，来自另外的宇宙。

这种说法也不确切，因为“天使”“宇宙”这些词语，都是借用你们的，仿佛正确，又仿佛偏离了一些。我们不像你们传说中的“天使”那么有本事。我们和你们一样，都只是某种意志的一枚棋子而已。

某种意志是什么，我们也不知道，但我已经不愿借助“上帝”那个词语。“上帝”在你们心中是理智而伟大的，而某种意志，显得比较无聊。

在你们地球上，现已有霍金等顶尖的科学家，运用计算，知道了世上有无数宇宙的存在，互不搅扰联通，与你们说的神界也不一样。传说中的神仙或者妖魔就在这个宇宙中，总是试图介入你们，想来就来想走就走，但我们不是。我们很无能，只是当一切运行到某个节点（或者亘古以来就如此），我们便被作为人类的婴儿，降临到这个世界。

是的，我不能算是一个“天使”，因为我一无是处，但我的确来自另外一个空间，来到这里，只为告诉你们：关于这个宇宙的秘密。

据我所知，地球上所有婴儿在一岁前，都来自我们那个空间，都知道你们这个空间的秘密，但从来没有一个婴儿成功传递过它们。因为只要喊出了“妈妈爸爸”等带有情感色彩的词语，或者使用人类的文字（包括哑语），就会立马忘记所有，头脑洗空，正式成为人类。即使学不会说话，一岁之后，也自动变成人。

在我看来，该游戏不具任何深意，只是无聊，无聊透顶。须知这秘密也并非终极秘密，我们那个宇宙的婴儿，依然是另一个宇宙的信使。仿佛无头无尾无极限的游戏，想想都令人发疯。我被无聊地安排降生到你们这个世界，之后我发现，这里也遍地无聊。

母亲小芬和父亲勇子从不知自己身处无边的无聊中，每每跌宕喜怒哀乐，有滋有味为一切无聊耗费心神。我那个时候就非常迫切地，想要告诉他们我所知道的，但我没料到，一个婴儿的身体如此软弱无能，不能说不能走，一张嘴就是吓自己一跳的哭声笑声，几乎无法掌控，比不上一只小鸟一头小牛，简直是宇宙中最脆弱的东西。在那个无聊透顶的安排中，竟要我们拥有这样的肉体，去告诉人们甚大的秘密，你说，亿万年来，谁能成功呢？

我一哭，他们以为我要吃要拉；我一笑，他们以为我还是要吃要拉；我伸手摆手，他们都以吃喝撒拉来理解我。我总在心中怒吼“我是天使，我有话要说”，可我的脸却笑得“咯儿咯儿”的，真让人悲观。那些一岁后就脱离我们进入人类社会的前辈，完全无法与之沟通，告诉他们我知道的一切，令他们全体升华，立马进入另一层次的宇宙。

怎么办?

三

倒计时二十八天，小芬还在自力更生，为打开我的嘴努力。

无非还是那几本花花绿绿的育婴书教她的伎俩。自怀孕至今，她快把它们翻破了。为了让我聪明点，从我还是个胚胎时，她就按照专家们的教导，在肚子上绑上录放机，放各种“绷绷绷”的音乐吵扰，让我在肚子里睡个安生觉都不行。不放音乐的时候，她又喋喋不休对我说话，我隔着肚皮把她从小到大的秘密搞得一清二楚。其实她不说，我也知道。他们觉得比天大的事，在我眼里很稀松平常。

她选择剖腹产把我从肚子里提出来那会儿，我高兴得大哭，我他妈的再也不用被那些胎教专家害得一刻不得安宁了，但我万万没想到，回家后，我又被育婴专家坑死了。

育婴专家通过电视书本甚至当面讲座，教唆跟小芬一样的无数新晋母亲，折腾我们。我的婴儿生活比胎儿生活更加不堪。简言之，母亲按照“科学”训练我，运动、听觉、视觉等方面受的罪不提，单表语言能力这一项，为了让我说话，小芬制造了一个巨大的噪声世界，铺天盖地罩住了我。

音乐什么的都不说，光她自个儿那张嘴，就让我受够了。她随便做什么，都要用嘴大声地，慢慢说出来，这是来自专家的要求。

毛毛，妈妈正在给你热奶奶。这是微波炉，这是牛奶。牛奶很好喝，牛奶甜甜的。

毛毛，这是桌子，那是椅子。桌子很高，椅子很矮。桌子和椅子在一起，永远不分开。

但她每次说完，却都补上那句非常奇怪的话。

天哪，我要疯掉了。整个家都是她无处不在的话语碎片，日复一日，除了崩溃性地大哭，我连自己的使命都忘记了。也可以说，我完全没有任何时间考虑自己如何传达秘密。我那拖累人的小身子，每天大多数时间被瞌睡虫控制，只有几个小时是清醒的，却又总被饥饿和屎尿困扰。我一直忙着应付生理上的一切。这传送秘密的游戏规则啊，本就太不公平，难度奇高，可我只要一睁眼，她还会占用我每一秒钟，须臾不肯离开，一切按照她的计划推进，我几乎连思考的时间都没有，更别说寻找到什么办法，告诉她宇宙的秘密。

我快疯了，不得不一天哇哇大哭无数次，反抗她；如果她知道我比她知道的多一万亿倍不止，她会不会也疯掉?

即便不一边做事，一边唠叨，她也会专门用些花花绿绿的小人书教我识物，用跑调的声音给我唱儿歌，尖起嗓子绘声绘色给我讲各种故事……最幸福的算看电视了，可她总是一边抱我看着，一边在我头顶上喋喋不休地解释。一棵树一棵草，她也会重复说上几十遍名字，也许还不止。她说完后，还是补上那句奇怪的话。

我的妈呀，我想逃出魔窟。我伸出手，探着身子，在她怀里极力往门口扭，她知道我想出门玩耍，偶尔会依从我，可是，即便到了街上，即便看到一个路牌，她也要停下来，慢慢为我朗诵几遍。

那个时候我看见母亲因为跟我说话太多，嘴唇龟裂干燥，隐隐出血，喉咙也嘶嘶的，我心里也特别不是滋味。这是何苦来哉啊，我恨死那些育婴专家了，可是，母亲有天抱着我出去散步时，竟在一个育婴专家的灯箱广告前站了半天，没说话。

那是倒计时二十一天半。

四

章丁穿着西装，坐在宣传画上，一手托着腮帮子，一腿长长伸出，目光犀利，做睿智沉思状，但因凳子被 PS 掉了，他屁股奇怪地悬空，再加眼里对潜在客户用力过猛的深情，整个画面又显出一种喜剧色彩。

母亲小芬在没有亮灯的灯箱前，抱着我默默看了半天，最后叹了口气。我知道她在想什么，自从灯箱在昌城均匀分布推广“章丁天才零岁方案”，我家不远处也杵了一个后，小芬和勇子就常常在家吵架了。

他们总因为牛奶的温度、青菜的软硬等问题吵嘴，其实我知道，灯箱才是导火索。勇子上下班为了避开那灯箱，已经绕道而行，出门后从旁边茶园穿过，上另一条街多走几百米去单位。

灯箱刚刚落户的时候，勇子有天淡淡提起过，他在饭桌上对小芬说，那个宝气搞得像个明星似的。他没提灯箱和名字，母亲也一下知道他在说章丁。她白了他一眼，没说什么，但心里却暗暗结下了梁子。过了几日，她逮住他嘲笑某明星演技不好的机会，狠狠数落了他一番："你以为你是谁呀，你不就一金融骗子吗？你们整个银行，不都是骗子吗？股市好卖基金，股市不好卖保险，好不好都踩着违法的边缘揽储。你们真清白也不会每两年就把理财经理换个地方呀，是不是怕为那些言过其实的金融欺诈承担责任呀。哼哼，别人演电视剧的好歹还在搞艺术，你们搞什么呀，你们一直在搞泡沫！"她本来口才就好，因为天天教我说话，嘴皮子益发利索，贯口样骂了一通不解气，又翻出陈芝麻烂谷子，把她了解的父亲祖辈做小贩的出身，全骂了出来。她骂的时候忘记了，自己也跟丈夫一样，一门子穷亲戚。

十年前他们和章丁同在一所大学读书，不同系。两男追一女，小芬选择了勇子，因为勇子专业好，又是昌城人，前途有希望，而章丁来自外省小镇。后来，学财经的勇子毕业后进银行做了理财经理，章丁似乎早已从他们生活中绝迹，没有任何往来，但最近一两年却突然冒出来，成了本市最有名的育婴专家，经常在报纸电视上亮相，据说已经开了五六家育婴机构。知情的女同学私下告诉小芬，章丁大学毕业后去了日本洗碗、背死人，也不知是不是花钱买的，回来竟有张教育博士文凭，然后，又不知怎样折腾了几年，他就成了大名鼎鼎的育婴专家。女同学没提育婴机构的具体情况，她不关心，她只告诉小芬，章丁开的是宝马，目前单身。

母亲隐瞒下洗碗、背死人，也隐瞒下博士、宝马、单身，挂口不提章丁任何事情，但父亲和我都知道，章丁的灯箱出现在家门口之前，他的气息就已经散发在了空气中。

但这次母亲可真的不是因为情感的关系，她认识的一切人，包括医生都跟她建议，全城唯有章丁那里有婴幼儿语言训练的课程。据说章丁已经教好百来个语言迟缓的孩子，最迟的两三岁没喊过妈妈，也教好了。

母亲听了很沉重，其实不到万不得已，她不想去找他。

曾经，她是俯视他的；多年后，人家鸟枪换炮，还记不记得她都难说；何况因为生我，如今的她拖着有史以来最丑的身子：一米六，一百二十八斤——要她见他，不如杀她。

但她却在家中表现出为了我，要去求助章丁的样子，不知为何。她开始零星试探父亲，甚至要他去打听下，章丁育婴机构究竟行不行，有没有水分，一个疗程需要多少钱。目光中闪烁着一种疯狂。父亲每次都杵她："我忙得很，你自己去打听。"

倒计时十五天，父母中依然没人去打听章丁机构的情况，甚至网上了解都没有，两人却益发爱吵架，到了一触即发的地步。

五

那天早上一开始是欢愉的，下了点小雨，空气清新无比，我家临街的封闭阳台打开了，屋子里飘荡着楼下餐馆的卤肉味。一辆辆汽车的轮胎摩擦着潮湿的路面驰过，即使偶尔按下喇叭，也没有在干燥燠热的天气中那么惊心。

九点过，母亲抱着我正要下楼去走走，父亲却打来电话，用哀求的口气跟母亲说半天什么，母亲挂了电话对我说："奶奶要来看你。"奶奶的到来是一件大事，自我满月后，她再未在这个家露面，尽管她住的地方，离我们不到一千米。但我刚进驻母腹之初，她在这个家待了三个月，与儿媳妇过了段称得上祥和的日子。

那时小芬已经二十九岁半，算得上高龄孕妇，怀孕一个多月后，就在内裤上看见了丝丝淡血，到医院一查，说是肾虚，需要保胎。她听了当场大哭，哭完又甚感轻松，立马忙着辞职。她早盼安心躺在家里，不用每天挤公交上班。

母亲在一家外企做部门经理，是个不忍舍弃的工作，再加父亲的收入，虽可勉力承担生养孩子的费用，但她总觉得，这个家一直有无数来自婆家的阴森目光盯着，令她不能自由生活，所以一直犹豫是否带孕上班，而今，她终于找到借口全职怀孕，远离某些老让她失眠和哭泣的同事。

“我要保胎。”她大声向一切人宣告。

在这个星球上，最初大家自然散布在各地生活，后来，有的地方楼房修得高些，密集些，称为城市；有的地方则相反，被称为农村。在城市和农村之间，还有些不大不小的城镇，母亲就从这样的地方来到昌城，跟章丁一样。据我所知，母亲的家族在那个被称为县城的地方，其物质条件和社会地位远远高于在昌城的父亲家族，不知为什么，母亲进入这个家庭，还是遭受了重重阻碍，尽管是勇子追小芬的。

母亲第一次上门时，勇子那个普通工人出身的母亲（也就是我奶奶），竟特意去批发市场买了件水货的简约黑色晚礼服，穿着炒菜。锅里黑的黄的混合着的是普通的木须肉，我奶奶有点妖娆地炫耀般不停翻炒，手臂上的“蝴蝶袖”抖动，腰身夸张地扭来扭去，极尽聪明能干的样子。她不过是要给刚来的乡下媳妇一个下马威。

在大学里见多了世面的小芬当时并未明白我奶奶的险恶用心，她只是偷偷告诉我父亲，她觉得他们的家具太旧了，她说县城十年前就淘汰组合家具了。勇子把这个话转告了自己母亲，要求添置点新的家具，我奶奶坚决不肯，并就此跟儿媳妇结下了第二个梁子。第一个当然是她的县城出身。

我很难理解她俩为何互把对方看作小市民，把自己看作贵族。话说“小市民”和“贵族”这两个观念也甚是无聊，又不能取暖饱肚子，但地球上的不少人几乎一生为其动容，个别还因此一啸惊天，怒而杀人。

小芬虽然在勇子面前表现出对他整个家族的轻蔑，对自己县城小知识分子家庭的炫耀，但勇子家族七大姑八大姨在每次聚会中对她的抵触和忽视，哪怕吃饭时安排的座位不在上下方贵宾席，也滴滴渗进了小芬心里。

她在几年时间中频繁转换工作，不外乎只是为爬得更高。“让他们瞧瞧。”她对父亲说。她努力追赶昌城的时尚，买起衣服来一掷千金，又总在家族聚会时说出价格，看起来像要寒碜死婆家人似的。

结婚租房两年后，我奶奶把一处旧房的产权转给了我父亲，她怕我母亲因婚姻分到一半，竟公证此财产只属于我父亲，继承权回归她自己。

这几乎就是一次彻底的情感决裂了，我母亲却丝毫没表现出不爽，她该干吗干吗，只是去婆家的次数越来越少，不到重大节庆，都找借口不去。假若说唯一对婆家还有点顾忌的话，那就是她再不轻易换工作，怕中间歇空那一两个月被我奶奶知道，说她靠丈夫养活。母亲越来越自尊，几乎显得像个女权主义者，连家用也记账，跟父亲分摊。

这样的情况下，母亲怀我之前，在电脑里做了张非常完整的表格，思考应该几时怀孕。她考虑的因素有她的健康年龄和工作、我的健康智商与性格、社会发展趋势、再就业难度、事业方向、经济能力、生育政策优势、季节因素等等，共计三十八条。母亲思考了差不多一年，又查资料无数，向专家咨询若干，试探父亲和奶奶几次，跟朋友同事讨论良久，终于知道了这难题是职场女性共有的，也顺便吸收了不少经验教训。

她下定决心怀孕要趁早后，已经接近三十岁了。她靠电视购物买了新潮的排卵测试仪，精确计算了我的优生时间，在一个月圆之夜，骂着命令指导着父亲爬上她身子，连做三次，怀上了我。在我看来，母亲小芬真的是上大学把脑子上出病了。

怀孕到我出生这两年，母亲与奶奶的恩怨情仇达到最高值。她还没在回忆中捋清自己，奶奶已经带着她妹妹，也就是我姨奶奶上门来了。

六

这是我出生后，第一次见到姨奶奶。我在医院的时候，父亲家的亲戚都托奶奶送来了红包，其后一年却没人来过。这大约跟我刚满月，母亲就与奶奶闹崩了有关。

我像往常一样，凡有生人来看我，就咿咿呀呀扑过去，扯对方裤腿。据说地球上有些人懂得婴儿语言，希望姨奶奶能懂。我不放过最后日子的最后机会。

奶奶笑着对她妹妹说："不是一家人，不进一家门哈，看毛毛多喜欢你。"姨奶奶却犹豫着，不愿弓腰来抱我。她说她每次抱别人孩子，都被尿一身。我奶奶就有点不乐意，说："听儿子讲，我家毛毛一直用纸尿裤呢，一个月要花三百多。"姨奶奶不作声了，还是不愿伸出手来抱起我，转了话头，要去参观厨房和厕所，奶奶随了她去。我失望地望着她俩的背影，尖叫了几声。难道在我这里，传递秘密一样成了绝不可能?

可是那个"某种意志"，为什么要年复一年玩如此无聊的游戏呢?

奶奶回过头来，说："小乖乖，等下再来抱你。"

在旁边忍耐了半天的母亲憋不住了，脸一冷，抱我回到卧室。她关上门，对我说："你真是善恶不分，人家怎会在乎你。"她说完，把我杵在地上，说："自己玩去。"

两个五十几岁的女人也不再进来，却进了另外一间卧室，嘀嘀咕咕谈着什么。

不到几分钟，门铃又响了，小芬出去开门一看，原来是她表妹，也就是我表姨来了。我咿咿呀呀迎上去，试图从多次失败的表姨身上再次寻找沟通的可能，表姨却搂着我，一迭声许诺哪天去公园坐马马，哪天去看鱼摆摆，哪天让我尝尝冰激凌……来昌城才两年的表姨是卖建材的业务员，嘴皮子利索，尽是逗我的话，跟我母亲一样，几乎不给我表达的机会。当天我本想用过去失败过，现今又修正过的自创动作来表达的，她们哪有那个耐心来体察我。

唉，我失望地走开，找了盒积木，自己坐在卧室木地板上玩，拼的是这个宇宙的基本万有结构模式，可惜没人看得懂。

我感觉自己刚玩了不久，母亲就进来了，气呼呼把门关了，对我说："你小姨刚来，我就叫她走了，改天再叫她带你出去玩。"我疑惑地抬头看着母亲，她却并不看我，转头瞄向窗外，气呼呼说："你奶奶太不像话了，竟然把你小姨当保姆一样呼来唤去，叫她洗盆里泡着的你的衣服，又叫她把中午的毛豆剪好……哼，也不看看自己是谁……"

她骂完了，又呆呆坐了会儿，突然却走过来，抱起地上的我，说："毛毛，给妈长长志气，给那两个老妖婆看看，今天就开口说话，当着她们的面，大声喊妈妈，好吗？"我看着她，不知怎么办好，她的眼角流出了一点泪水，目光殷切，令我心里隐隐作痛。

我爱上她了，如爱我的另一部分。我吓了一跳，赶快甩掉这感觉。它不是我应该有的，会搅扰我完成使命。近一年的左冲右突，我也想明白了，"某种意志"是鄙弃人类情感的，否则也不会有如此奇怪的游戏规则。

我赶紧低下头，继续玩玩具，不看她的泪眼。她在旁边蹲了会儿，止住了唏嘘，却一把把我抱起来，坐到床上，拿出一本看图识字，一页页教起我来："苹果，苹果，葡萄，葡萄……"

她的声音哑哑的，每次教完一页，又恶狠狠说出那句话。

我头脑晕乎乎的（最近越来越晕乎乎，可能是要变成人的征兆），一如既往痴呆呆看着她，不作为。想到未来几十年，我若完不成使命，将如她一般，生活在这个星球上，读书、工作、买房子、生孩子，努力与一切人周旋倾轧，直到死——我有点不知所措。

她一边领读，一边看着我茫然的样子，她微笑了，但她还是故意恶狠狠说出每天教学时必说的那句话："不许跟读。"

她读到第八页时，我奶奶和姨奶奶"哐当"推开了卧室的门，黑压压开进来。两个老女人重重坐到床对面的小沙发上，脸色很严肃，像电视里的工作组。过了半晌，姨奶奶调匀气息才说："你刚才教毛毛说话我们都听到了。小芬，二姨我是当医生的，可以断定，你患病了，患了产后抑郁症。二姨建议你马上治疗，严重的话，还可能发展成精神病哦。"

我奶奶就在旁边气愤地说："怪不得毛毛总不会讲话，跟个疯子学，怎么学得会。"

我妈呆住了，半晌后她突然站起来说："我是疯子也是你逼的，这世上恐怕没有任何一个产妇连只鸡都不给买来吃。我坐月子时你是怎样拽的？你的亲戚们又在哪里？还好意思来指责我……算了，不说了，出去出去，你们走！这个家不欢迎你们，不要你们来假装好人！”

她说完，就扑了过去，真的像个疯子一样，把奶奶和姨奶奶从沙发上推搡起来，一路往大门口赶去。我听见奶奶沉默了会儿，就大声哭了起来，尖声说房子是她的，说要立马去找我父亲回来收拾我母亲，同时还夹杂着一些脏话。我还听见姨奶奶说什么外国人从不坐月子，坐月子是老观念之类。我听到这里，沉重的防盗门就合上了，“砰”的一声。

母亲跑了进来，像刚从阵地上逃命出来的小兵。她胡乱抱着我，失控地大哭。我木然任她揉捏小身子，想到那剩下的不多的时间，很忧郁。

七

下午和晚上，母亲看起来一直在等父亲回家。她说了好几次：“我不怕，不怕，大不了离婚，我带着毛毛过。”她做好了跟丈夫吵架甚至打架的准备，但父亲却连个电话都没有，直到晚上十一点左右才回家。

等待暴风雨来临的时间里，母亲喋喋不休对我说了很多话，比平时更多，更混乱，声音更大，我痛苦死了，只好一直低着头，假装拼积木。我实在忍受不了的时候，就假装饿了，或者困了，哇哇大哭。

我吃了午餐和晚餐，中间还加了几次牛奶水果之类，她不得不停止倾诉去厨房忙碌那会儿，我舒服得差点睡过去。实际上我真的睡了个长长的午觉，下午睡了会儿，傍晚又睡了一觉，晚上八点到九点，还睡了一个小时。每次她都突兀地坐到床边，看着我的睡相垂泪，我真想一直不醒过来。从上午十一点过到晚上十一点，十一二个小时，除去吃饭和睡觉两三个小时，我几乎听她唠叨了七八个小时。

奇怪的是我并没为摆脱她的唠叨，吵着去大街上走走。或许我真的担心她此时出去没有心情，又或者我也开始关心她说的那些内容了。

母亲的话可以归纳为以下几个意思：一、“不许跟读”不是我说出来的，是谁说出来的呢，我也不知道。若是我说出来的，那也算鬼使神差。二、我有产后抑郁症吗？我承认我有，但不严重，只有一点点。就如酒醉心明白一样，我清醒着呢，理智着呢，用疯子来说我，这不是赤裸裸的恶毒诅咒吗？三、我就算产后抑郁了，谁让我抑郁的，谁坐月子连只鸡都不买，我要真成疯子了，也是他们全家给害的。四、我容易吗我，在单位好不容易爬到经理位子了，又怀孕了，又生孩子了，一晃两年，世道怎样流转都不知道，再出去应聘，从基层普通员工做起，我可不乐意，何况去挣低工资请包吃包住包贪污算下来等于高工资的保姆，那不是脑残吗？再说，毛毛你这么小，我怎忍心把你丢给保姆。现在保姆都坏着呢，笨着呢（接下来她说了几十个诋毁保姆的故事，也不知哪里听来的，大多是放安眠药放酒让孩子睡觉自己清闲，还有个别笨的，把孩子放进洗衣机洗澡，活活洗死了。她还说了几个保姆拐卖孩子、毒打孩子的故事，连我都给吓着了，那个时候我才知道，原来两年相处下来，我竟有点不想离开她了，要不为何跟她一样，听到拐卖吓得心扑扑直跳）。五、假若由你奶奶来照看你，我去上班，后果更加不堪，简直可以说是灾难（接下来她列举了几十种奶奶把我教育成废人、坏人的可能性，甚至因为年老弱智把我弄丢的无数种可能。菜场公园各种地点与情节，各种悲惨的后果。她甚至幻想人贩子把我抓去后挖目宰手、掏心掏肺、熬骨炼油等多种可能，说这些推理结果时她泪流满面，痛不欲生，我急得差点大喊，妈妈，我绝不离开你。窗外一声汽车喇叭惊醒了我，为了最后完成使命的微弱机会，我控制住了自己。但我也有点想哭，不为自己，为母亲。我想我要真的离开她了，她一定会自杀或者疯掉。这种两个个体之间难以割舍的精神牵绊，在我们那个宇宙，的确是没有的。我想我真的快要变成人了）。六、母亲深入剖析自己说，毛毛，其实我可能真的很怕两年后重新踏入社会被淘汰，也怕你没被照顾好，所以心里一边替你着急，一边也乐得你不会说话。因为有个有问题的儿子，我就可以有借口赖在家里不上班，全职伺候你。我对自己和对别人，就都有了一个合理的交代。我是逃兵，是缩头乌龟，是自私鬼，是变态，毛毛，从今天开始，我再不阻碍你学习说话了。

她又把自己反复检讨剖析了几十遍，意思都差不多，说绝不再说出那句“不许跟读”。

下午四点过的时候，窗外下起了雨，淅淅沥沥的。母亲突然不说话，停了好几分钟。我假装看着小人书，耳朵却跟她一起聆听窗外各种市声。由于窗户紧闭，再加家里长期充斥着母亲的声音，窗外的一切声音竟显出一种奇怪的陌生。我仔细听着，母亲却突然又开口了，这次她说的话，差点把我吓得从床上滚下来。

母亲说：“毛毛，别怪妈妈心重，自己不快活，搞得你也不得安生。其实妈妈也知道，这个世界不过是幻景儿，说有就有，说没有也算，甚至把它比喻成一个程序，一个游戏都不为过，我们都只是扮演其中一个角色，不小心就当真了。毛毛，妈妈也算知识分子，也知道不管怎样过都只几十年，繁华冷清都将消失，妈也想看开，想简单清贫宁静，不与家内家外任何人争。妈过去怀上你之前，也常跟同事一起去上禅修课，听法师开示，现在，妈妈为啥由着性子，越来越跟这个世界斗争了，妈都是为了你呀。妈可以看开，可妈要是一看开了，弱了，啥都放得下了，毛毛呀，你就要受苦了。这个世界人挤人的，人轧人的，妈妈不钻进世俗里做俗人，为你撑起一片天空，你以后辛苦啊。毛毛，妈妈不要宁静，不要安详，不要超脱，不要智慧，啥都不要了，只想用全身心的庸俗生活，换来你一点点宁静超脱足矣。”

她凑过来亲了我一口，声音哑了下来：“宝贝，为了你，给我神仙的位子也不要。”

原来她非常清楚，她几乎就快要靠近我传达的秘密了。也可以说，尽管她还离着十万八千里，但她的大方向是对的。又原来，一切爱恨情仇，大起大落的心绪，把自己搞成产后抑郁症等，都是她自个儿乐意选择的。为了一种名叫“爱”的东西，她情愿杂草丛生过一辈子，也不做一毛不长的圣山。我又想哭了，但她没给我机会，却把之前说过的所有，又翻来覆去说了几遍。其间有不少悖论，不少经不起推敲的地方，但我已经无心理会了。

也许我只应把它们看成语言，除此而外，什么都不是。

我几睡几醒，熬到十一点左右，父亲终于回来了。

八

父亲回来时，我已经睡够了，反常地清醒。我扑过去，要他抱，他却蜻蜓点水地敷衍一下，就去浴室洗澡了。母亲在半明半暗的客厅中阴阴看着这一切。父亲对我的冷淡令她气得咬牙。

她假装平静地等待父亲先出招，积累一天的能量才可以彻底宣泄，可父亲出来后显得很淡然，一边用浴巾擦着身子，一边走向卧室，自个儿睡起觉来，完全没提白天家里发生的一切。

母亲带着我在客厅看了会儿电视，就把我抱到另外一个房间，哄着睡了。半夜一两点的时候，我却突然听到母亲在隔壁用脏话使劲儿骂父亲。这是从来没有过的事，而且听来听去，除了脏话，并无具体内容，父亲却一声不吭。

我跑了过去，推开门看着他们。台灯亮着；母亲坐在床上，盘腿骂人，墙上影子硕大而夸张，更显凶厉；父亲侧卧着，背对母亲，假装小寐。我“嘚嘚”跑到床边。父亲感觉了我的到来，赶紧起身，要抱我，母亲却一下扑过去扯开，不许他抱。她说从此后，我们母子跟父亲家没有任何关系了。

她最近一年说话总是很决裂。有时甚至说，我迟早要用刀把你们全家砍成肉末。父亲从不理会她这些话。但这次，可能因为奶奶投诉了什么，父亲终于恼了，怒吼了一声，喊着母亲的大名说：“张小芬，够了！你白天干的事，我回来一句没说，结果呢，你还大吵大闹半天。你究竟什么意思？要是有病，就去看。”

一听“有病”，我妈彻底怒了，她扑过去，把拳头直接打在父亲裸露的胸脯上，说你妈才有病，你全家才有病！父亲看起来也不想忍耐了，红着眼，紧紧抓住母亲的手，令她无法动弹，仿佛要打架。母亲情急中，一边伸出脚，试图踢父亲的睾丸，一边往父亲脸上吐唾沫。父亲躲避着，野兽般低吼了一声，看起来像有无数能量在风云聚合。我为了保护母亲，突然“哇哇”大哭起来。父亲看了我一眼，心软了，头顶能量慢慢消散，放了母亲，却一溜滑下地，穿好衣服，拿上包，一个人跑出了门去。

母亲对着外面使劲诅咒父亲出去即被汽车轧死。她哔哔啵啵骂好半天，终于累了，便走过去把大门下了保险，又把我抱上床，轻轻拍着，不说话，直流泪。

我睡不着。母亲把灯全部关了，我在黑暗中也睡不着。我不明白今天发生的一切是为了什么。这一家人，既不争财产，也不争做家务什么的，为啥完全无法相处？

难道这就是人的生活？莫名其妙，不可理喻。

九

父亲两天没回来，母亲显得很沉默，竟然忘了教我说话，屋子里一切都显得悄悄冥冥的，隔窗的汽车声遥如星际。她更加精细地照顾我，连一向嫌麻烦，几月难得给我做一次的肝糕竹荪汤、鸡豆花什么的，都把菜谱搜罗出来，摆在案板上，非常耐心地边看边做，然后又慢慢喂我，不让我自己吃。她好像沉迷在了生活的细枝末节上，甚至剁肉的时候，脸上都闪烁着一种貌似圣洁的光辉。

连她自个儿的头发皮肤，自父亲走后这两天，也打理得格外清洁滋润，每天除了洗头洗澡，还做一次面膜。她甚至放上班得瑞的轻音乐，陪伴这些行为，与之前狂暴的她，判若两人。人类真奇怪，难道他们的心装在过山车上？

她做事时，把我安排在沙发、地板或者床上，自个儿玩耍，我也趁此机会整理了一下头绪。掐指一算时间，我已经绝望了，在我变成一个真正的人类之前，那些秘密已经迅疾地离我远去。

千万年来无有一个信使成功，或许有的成功了，地球上也无人肯信。是啊，即便彼此能沟通，即便信了我，他们又如何能完全彻底地体悟到那种高于他们的、不可思议的智慧。

罢罢罢，也许所有婴儿都跟我一样，最初雄心万丈，理直气壮，哭声高亢，后来无数次碰壁，慢慢便有了自知之明，开始归顺人类的一切规矩训练自己，低声敛气。

我开始决定放弃秘密传递，认命地以人的身份在地球上混一辈子。

我站起来，慢慢走到在卫生间为我洗衣服的母亲身后，鼓足勇气，要把那一声“妈妈”提前喊出来。为了此刻凄楚无援的她，我再不愿意多做几天天使。

我张开嘴，运好气，嘴唇相碰刚要喊出来，小芬却早已感觉我的到来。她转过头，迅速起身洗干净手，把我拉到客厅，说：“不要去厕所，空气不好。”她说完便喋喋不休向我倾诉起：“毛毛，我想好了，你父亲这样绝情，竟然喊出了我的全名（天，绝情原来指的是喊全名，我很不明白），我俩单独过也没关系。我承认，妈妈上班有些年头，爱买时装、化妆品，爱出去玩儿，的确没存下什么钱，要是离婚，我们要了抚养费也没有房子住，你奶奶绝对不会同意把房子给我们。即便抚养费给一千五一个月，我们租了房子也没有生活费了。咋办呢，毛毛，有些女人若像我这样没有经济能力，就选择净身出户，把孩子留给婆家。毛毛，你奶奶，甚至你爸爸，不知会有多高兴我也这样选择，可是，我绝不会这样选择。毛毛，我不是跟他们置气，是真的不能没有你。毛毛，你相信吗，自从有了你以后，我感觉整个世界加起来，都没有你重要。妈妈，妈妈随时可以为你付出生命，又如何不能为了你暂时忍受家人的欺负呢？！”

她蹲在我面前，深望着我，一口气说出这么多，令我喉咙里“妈妈”两个字被活活吓了回去。我看见她眼睛里似乎有点泪水，这些语言正是她沉默两天，细细做事两天的思考结晶，我琢磨着，她是要向父亲和奶奶低头了？

我高兴得张开嘴，想喊出“妈妈”来鼓励她，想为了这份情，废掉我所有智慧，从一个一岁孩子的智商，重新开始认识这个世界，又如何。

没想到她一说完，又完全不给我开口的机会，“嚯”地站起来，进屋拿出自己手机，开始拨打父亲的号码。那边一直没人接，母亲听着话筒，眉头皱着，表情很严肃，偶尔还转头用手指和眼色向我示意“不许出声”，其实我一声没吭。

第一次拨打，无人接听，母亲继续拨打。第二第三次，还是无人接听，第四次时，父亲那边却把电话挂断了。原来，他是故意不接听的，还在生妻子的气。母亲突然明白过来，气得挂了机，立马抱起我说：“走，我们去银行，找他行长评评理！”

那是三伏天下午两点过，日头白晃晃的，那个人类的小身子拖累着我，几欲晕眩恶心。为了配合母亲，我不表现出来，咬牙挺着。坐空调半失灵的公交，闻人堆里浓烈的汗腥味，偶尔也任一些脏手在我脸上捏捏，听几句无意义的恭维话。我只感到头晕。婴幼儿的身体，依然是世间最脆弱的东西，比不上一只小鸡小鸭。唉。

下了车去往父亲银行，还有一段五六百米的人行道，幸好有法桐遮阴，没带伞的我们勉强能熬过去。我和母亲的脸都红红的，浑身汗水湿透了。她抱着我走了百来米，突然停下来，走到旁边小卖部买了瓶冰汽水，打开与我分着喝。我喝了几口，舒坦了些，再次想到那个喊“妈妈”的事。我想我一喊“妈妈”，她因为高兴，去银行跟父亲交涉时，说不定能少些恶言恶语。

但我无法确定，这声一喊出口，我智力飞泻之后，眼中的世界会是什么样子。我变成人后还能帮到她，帮到我的母亲小芬半点吗？

远处有蝉尖利地鸣叫，划破了车水马龙的众声部。我想这个宇宙中，最无能的就是无能啊。我马上就要从一种无能，转变成另一种无能。真哀伤。

母亲看我呆呆想问题，就把我带到树荫下，放地上，蹲下来跟我说话：“毛毛。妈妈刚才在小卖部的玻璃柜里看见自己蓬头垢面的，又穿着棉绸孕妇裙跑了出来。毛毛，你爸爸最近在跟人竞争主任的位子，要是争上了，工资可以翻一倍，以后还可以买二手车，星期天送你去动物园玩。我们要是一去闹，造成了坏影响，他若提拔不上，你以后也可怜。毛毛，妈妈为了你，决定把这口气忍了。”

我使劲点头，想她恐怕也没什么抑郁症，心里明白着呢，不过仗着父亲一贯性格软弱，不依不饶要个说法罢了。她高兴地亲我一下，说：“宝贝，你真是天使，啥都懂，智商太高了。走，今儿高兴，买件衣服去。”

她说着就把我往几十米之外的一家时装店里抱，选了件 A 字形的，能掩盖她肥胖身躯的时装裙，花掉了四百八十元。衣服令她渐渐高兴起来，我却困死了，不停打呵欠。我以为可以回家睡觉了，没想到，她却把我带往了另一个地方。

十

走进凉爽的大厅时，我还没明白到了哪里。我的头很晕，估计有点中暑了。母亲与前台美女交谈时，我才看清后面墙上金丝绒打底镶着几个镀金大字：章丁育婴中心。

母亲清清嗓子，怯怯道：“请问，章丁在吗？”前台美女警惕地抬起眼，迟疑了一下，说：“请问女士要给宝贝报名吗？”“哦，是的，是想报名。请问章丁的办公室在几楼？”

前台美女更显得警惕了，脸也不自觉绷得更紧，她说：“若是参加学习课程，没必要找章先生。他不管这些。要不，您先去那边沙发坐坐，我马上把各种课程套餐找给您看。我们最近有一款短期的在搞活动，你可以先试试，好的话以后再买中长期的。这款就是针对一岁左右宝宝的，包括语言、运动等多方面能力的培养，还能认几十个简单的字。”

母亲打断了她：“我是章丁的同学，找他有点私事。”

前台美女翻倍警惕了：“哦，是同学啊，你可以直接打他手机嘛。”

“我没有……”母亲脸红了。

前台美女扬起长长的假睫毛，深深看了一眼母亲，又看了看我，吸口气，慢慢说：“我们也没有章先生的手机，但我可以帮您转告。”她拿出一支笔、一个本子说：“麻烦您在本子上登记下姓名和电话号码，我会把这个转告给章先生的。”

母亲犹豫了一下，把我放在地上，拿过纸笔，正要写姓名和电话，突然想起了什么，有点生气地问前台：“那为何现在不问，要等我走后才转告呢？”

前台看母亲生气了，也怔了一下，半晌才小声说：“找章先生打折的熟人很多，所以后来就有了这个规定。我也没办法。”

母亲一听，就把本子和笔一杵，从地上抱起我，哼了声，冷着脸一言不发地转身走了。

出门时我转头看了眼前台，她们继续埋头忙自己的事，神态安闲，没人因为母亲的不快感到不安。显见地，一切都是章丁的授意，这个城市该有他手机号的人都有了，不包括他曾经热切追求过的小芬。我猜母亲并没有打折的想法，一千多元一期的课程，若为打折她不会刻意去买件四百八的衣服，我猜她只想跟章丁叙叙旧，比如投诉下我父亲什么的。

母亲回家后，更加沉默了，几乎一言不发，也不看我。我也不想搅扰她，除非我那连累人的小身子渴了饿了、要撒要拉了。我一直半躺在卧室里，时玩时睡的，母亲则一个人坐在客厅沙发上，呆呆面对未开的电视，不知想些什么。

到了七点左右，父亲却突然回来了，我咿咿呀呀扑过去。父亲用胡子使劲儿扎我，我咯儿咯儿大笑。两天没用电动刮胡刀，他从小白脸变成络腮胡了，真有趣。

父亲把我抱到母亲面前，讨好地笑了一下，母亲没有理他，却把电视打开，热热闹闹自个儿看了起来。母亲整晚都在看电视，既不管我，也不给父亲做饭，父亲只好笨拙地一点点完成母亲平时做的一切，包括给我洗澡。洗澡时，他一边撩水一边胳肢我，好像要故意弄出点家庭气氛似的，我高兴得差点喊他“爸爸”，把我金贵的从天使到人的转变瞬间奉献给他——几欲喊出，又总觉得这应该是属于母亲的。

我正在犹豫喊不喊，母亲却突然推开厕所的门，厉声说："你把他逗兴奋了，等会儿怎么睡觉！"父亲和我都吓了一跳。母亲说完，"砰"地关上厕所门，又去看电视了。父亲和我接下来都不敢再发出声音了。

八点半我迷糊了，似睡非睡中听见父亲在床边哀求母亲："看在毛毛的分上，别闹了。过去的事都不提了，好不好？"不知母亲是怎样回答的，我瞬间就沉睡了过去。

十一

接下来的日子非常平静，既无吵架，也无离家出走，更没人提起包含有奶奶的过去，但我还是看出了些许不妥。母亲没有倒计时了，也没教我说话，更没趁教我说话喋喋不休倾诉一切临时冒出的念头；自从父亲和奶奶再次引发家庭矛盾，再加"章丁之旅"后，母亲变得很沉默了，而且，跟父亲说话略显客气，不骂他，也不命令他，做派犹如银行里不卑不亢的柜员。

不想有天上午，母亲突然又开口对我大说特说了："毛毛，你马上就要过一岁了。我绝不会让奶奶给你摆酒席，哼，他们家的人，我看着就厌烦。当然，人家可能根本就忘记你生日了。你爸爸，更别指望，一个乌龟王八蛋，啥都不是。我想了，要借此机会把我的旧同事请来聚聚，趁此机会了解下外面的情况。洞中两年，世上千载，再不跟他们沟通一下，我都成古代人了。”

母亲说完就去翻通讯簿，一上午都在那里打电话。因是上班时间，又加不少人手机变动并未通知她，看起来请客并不顺利。有个她当年的副手刘大致，竟找了七八遍没人接手机，用了前单位座机号码，追了几个办公室才找到。母亲联系上的几个前同事都找借口婉拒了宴请，只有刘大致一个人愿意来。

我的生日在下个星期二，母亲为了就刘大致的时间，把生日酒安排在了星期天中午。“提前过生日是昌城的老习惯，再说，星期天正好你爸爸去外地开会，没他打搅最好。”母亲对我说。我假装听不懂，没有反应。

星期天在母亲掰着指头的唠叨与等待中很快到来了，她在离家一里多的四通八达火锅店订了个小雅间，提前半个小时带我去等着刘大致。

到了十二点半，也就是比约定时间晚半个小时，刘大致才来了，并且忘记跟等他一个小时的我们道歉，只抽出游戏房里娃娃机铁爪抓出的绒布兔子一个，在我眼前抖着，说：“宝贝，生日快乐。”母亲代替我说了谢谢，说孩子还不会说话呢。刘大致听了，也未像别人那样表示惊讶，也未继续追问下去，反而转了话头，谈起四通八达火锅店的口味来。他胖胖的，白白的，长着一个笑模样，一看就是和事佬，怪不得母亲的旧同事只他一人来赴宴。照母亲在家里的说法，其他人都“人走茶凉了”。

“想当初，我可是单位的红人，谁不敬我三分。”母亲那时说完，又恶狠狠补充了一句。

刘大致叔叔跟母亲的谈话再次证明了这一点，他们一边吃火锅，一边回忆过去。全是母亲多么风光的事。他们并没直接说出来，而是母亲用语言诱使刘叔叔说出来，但刘叔叔一说，母亲又反驳，自谦。人类真是很奇怪。

比如母亲道：“胡蓉也真是的，我对她还不好吗？每次加工资都有她，一次给她加五百，现在还请不动她了。”刘叔叔不做评价，却恭维说：“是啊，你那时真是位高权重，把人力资源和办公室的工作全抓了。”母亲就赶紧打断他说：“都是打工的，别这样说。”说完顺眼瞄了下端菜进来的服务员，脸红润润的。

他们一边烫着食物，一边按照“母亲委婉提起‘当年勇’—刘叔叔证明给谁听似的大肆恭维（大多数时候房里没有服务员，只有我）—母亲又彻底否定”的模式一句递一句说下去。面前摆了盘花花绿绿的安抚蛋糕，我用塑料叉子慢慢对付着，他们自顾自说自吃，完全没再提生日一事，也不理我。到了后来，母亲开始试探刘叔叔，前单位的人事变动格局如何，以及她有没有可能再次回去。

刘叔叔瞬间一收笑容，变得谨慎了，咳嗽几声才说：“我回去帮你探听下。”在之前的谈话中，我已经知道，母亲走后这两年，刘叔叔已经在母亲的位子上扎下根来，招个人进去，应该不是难事，我不明白他为什么这么迟疑。

母亲想了想，也不怕丢脸了，直接说：“我可以从你的副手干起嘛。”

“那怎么行，那怎么行，折煞我了。”刘叔叔赶紧说，但他接下来却透露，公司里的老总和副总都换了，现在人事大权都集中在老总手里，下面的中层干部几乎就是摆设了。刘叔叔说完，开始诉起苦来，一开口，竟比母亲还啰唆，不少话反复讲几遍。怪不得母亲在家里放下刘叔叔电话时，对我说：“你刘叔是个精细人，买条裤子会跑八趟商场，直到买到最低折扣为止。”

火锅边的母亲几乎被剥夺了说话权利，刘叔叔真是滔滔不绝，好像需要帮助的是他而不是我母亲。他说：“小芬，做女人真好啊，可以回家生孩子，可以被人养着。男人就不行了，永远得硬着头皮在外打拼。若有可能，我愿跟你无条件对换。”母亲不知说什么好，只是不停地安慰他想开点。坚持，坚持，为了挚爱的亲人，坚持战斗。母亲沉浸在刘叔的痛苦中，把自己的初衷完全忘记了。我趁此机会溜下桌子，跑到大堂里，在人的丛林里穿梭，任那些滚烫的火锅盆在我头上递来递去。

没人理睬我，大家都在忙着吃喝，忙着说话，或者忙着伺候吃喝。我看到明晃晃的门口出现了一块明晃晃的姜黄，突然想起来，这种东西叫袈裟，穿在一种名叫僧人的身上。据说在这个世界上，他们最有可能理解我要传达的秘密。

我盘着不听话的软软的小脚，磕磕碰碰奔着那和尚去了。

十二

那天气温不高，只有二十八九度的样子，我跟着和尚追了十几米，就看见他拐进了旁边的小巷。我追到小巷头，里面很清静，几无人影，中间有个小小的烟酒铺子，一位姑娘坐在那里，跷着二郎腿，吹着电扇。

和尚走了过去，不知说些什么，姑娘起身走进去，拿十块钱出来递给他。和尚深深鞠躬，又在说什么，我听不清，赶紧走了过去。他们没管我，继续在说话。

和尚说："女施主心肠这么好，可愿小僧给你占上一卦。"姑娘立马欢呼起来，好呀好呀，我最喜欢算命了。和尚听了，便命她拿出一碗水，用手指蘸着，悄悄写下自己想要问的事。姑娘把水端进柜台，不知写着什么，一会儿把几乎全干的纸递给了和尚。和尚掏出个打火机，一下把纸点着了，纸却没烧坏，上面还显示出一个名字"杨勇"。"杨勇是谁？"和尚惊讶地问。姑娘害羞地低了头，不回答。和尚也就不再追问，只说女施主啊，看起来此人有大难啊。姑娘惊得立马问什么大难。

我正听得有味，一只手却把我一抓。我还没反应过来，就看见传达室严婆婆的老脸杵在了面前。她吃力地蹲着问我怎么在这里。我不回答，她就反复问，问我妈妈在哪里。我当然不会把我的语言处女秀献给她，只好睁着眼睛干望她。旁边头顶上的和尚和姑娘也无心管我们，已经在商量如何去五台山为那个杨勇消灾了。和尚叫姑娘不要惊动家人，以免消灾失灵。他要她立马关了铺子跟他走，我转头瞄姑娘，她看起来有点狐疑，沉吟着不答应。

我正瞄得痴，严婆婆却一把抱起我，直往我家走去。我家住在两栋旧楼圈成的一个院子里，严婆婆一夫当关万夫莫开地守在门卫室。

严婆婆先去按了我家的门铃，没有动静，又问了旁边坐着玩的人，知不知道我妈的手机，大家都说不知，严婆婆就把我放进门房旁边那个藤条圈椅说："毛毛，那你就安心在这里等妈妈。"我点点头，很乖地坐在了那里面，伸手接了严婆婆递过来的气球。她说是别的孩子掉在这里的。

等了好一会儿，母亲还没回来，我丢了气球，想滑下椅子，直接去四通八达火锅店找她，没想到严婆婆一把把我抓住按回，威胁说："乖乖坐着，不许乱跑，外面有坏人。"

晨雨后的夏日午间，微风习习，挺适合睡觉的，不一会儿，我就流着口水，在圈椅里睡了过去，严婆婆和别人高声的聊天声，根本影响不了我。

梦中的我并不知道，母亲那几个小时因为我的失踪，几乎疯狂。她丢下被服务员拦着买单的刘大致叔叔，一个人冲上大街，到处狂喊我的名字，几次三番差点被车碾压。泪流满面的她被交警拉到旁边狠狠教训。在对方了解情况后，被告知现在最该做的是立马报警，然后通知亲友分赴昌城所有长途汽车站、火车站、码头和机场。

母亲颤抖着手指，拨通了正在外地接受升职集训的父亲以及同样在外地出差的表姨的电话，又不假思索地，一一打响奶奶以及奶奶家族所有本地成年亲戚，忍受着他们恶毒的斥骂，低声下气求他们去不同的地方拦截人贩子。

她突然发现自己没有一个朋友可求。

这些事情都是我在他们后来的叙述中听到的，实际上直到晚上十点，我都一直待在严婆婆身边，吃她的，喝她的，睡她值班的床铺，听她唠叨了无数次："怪我啊都怪我，怪我座机一直没搞来电显示，怪我平时没把住户的单位和手机记下。好在他们都有门房电话，十点关门前，晚回来的人总会给我留话的。"

果然，从外地赶回来的父亲一下飞机就给严婆婆打来了电话，要她留门。严婆婆一在电话里听到是他，就连珠炮地骂他们不负责任，不配做父母，骂完了才告诉我父亲，我在门房值班室好好的。

夜里快十点，我的父母和奶奶轰隆隆集体赶了回来。抢我一样把我分别往怀里搂。母亲还“扑通”一声跟严婆婆跪下，磕了个响头，然后，他们三个人号啕大哭，不能自已。严婆婆和旁观的人见了，也一个劲儿抹眼泪。我从来不知道，自己对于他们来说这么重要。

我很惊讶，他们回家后一直在说，如果我真的走丢了，他们都打算去死掉——难道人类活着就是为了一个小孩子？

一晃快十二点了，他们却还惊魂未定，一会儿哭，一会儿笑，相互拼命诉说，围在床边看着我，碰头彼此寻找的细节，像一群精神失常的孩子。我困死了，瞌睡似乎像座大山，要压倒一切。我扛不住了啊，扛不住了——什么秘密不秘密都是扯淡，一万个宇宙都比不上一个小身子的舒服重要。我转过头，不耐烦地尖叫一声：“妈妈别吵。”我喊完，就在床上睡了过去。

那是离一岁还差一天时，我仅仅因为生理需要，立马“哐当”放下了天使身份。